砥上裕將

TOGAMI Hiromasa

7.5 grams of you

7.5グラムの奇跡

講談社

目次

カバー装画……杉山　巧
装幀…………大岡喜直（next door design）
表紙水墨画／砥上裕將

7・5グラムの奇跡

献辞

医師としての厳しさと優しさを教えて下さった
東　淳一郎先生へ感謝を込めて。
先生の世界への穏やかな視線が、この作品の温もりになりました。
それから、視能訓練士として生きることを選んだ妹に。
眼科の検査機器の陰に隠れた密やかな人生は、美しく誇りあるものです。
そして、いまを生きるすべての医療従事者の方へ。
健康と日々を支え、一人ひとりの幸福を願い勤めてくださることを
心から想いながら。

第1話

盲目の海に浮かぶ孤島

誰かと向かい合っているとき、瞳《ひとみ》の奥を覗《のぞ》き見てしまう癖《くせ》がある。

この人はいったいなにを想《おも》い、なにを考え、なにを見つめているのだろうか？

瞳を覗き込んでいると、瞳の光が教えてくれるもの以外、なにもかも忘れてしまうことがある。前口径約24ミリ、重量約7・5グラム、容積約6・5ミリリットルの中に宿る光は、この世界の他のどんな場所に現れる光とも違うように思えた。

いま、その光をぼんやりと眺《なが》めていることが、問題になっている。

「野宮《のみや》君、聞いてる？」

広瀬《ひろせ》真織《まおり》先輩の瞳孔《どうこう》が、くわっと開いた。大きな瞳と真っ白い肌をした顔面が、ほんの少しだけ近づいてくる。そして、その動きに付随して頬《ほお》の両側に垂らされた長い髪が一筋、流れに従う。僕はドキリとしてしまった。もちろん、怖かったからだ。

「仕事中は、ほわっとしてたら駄目《だめ》でしょ」

「すみません」

「私の顔になにかついてる？」

細くて、小さくて、白い。僕は広瀬先輩の鼻筋の通った顔立ちを見ていた。年齢は三十歳前後だそうだ。散瞳剤《さんどうざい》を入れると瞳孔の拡大がはっきりと確認できそうな大きな目は茶色い。そしてそれだけ瞳は大きいのに、妙に鋭い。

顔にはなにもついていない。僕が見ていたのは広瀬先輩の顔についているなにかではなく、その瞳だった。

「なんにもついてないです」

「そう、良かった……、じゃなくて。野宮君、ちゃんと話を聞いて。小さな子に視力検査を行うときは、『字づまり視力表』ではなくて、『字ひとつ視力表』で検査することを忘れないで。六歳以下の子は、たくさんの文字の中から、一つを判別できないよ。大人とは違う。祐也《ゆうや》君はすごく困ってたと思うよ。どうしたらいいんだろう、って顔してたでしょ？」

「すみません」

「落ち着いて、きちんとカルテを読んで、患者さんを見て、検査をする」

最後の言葉をゆっくりと先輩は話した。先輩の言うことはよく分かる。僕は五歳の男の子に大人と同様「Ｃ」によく似たランドルト環《かん》が並ぶ「字づまり視力表」で検査してしまった。本来なら大きな「Ｃ」が一つだけ書かれた「字ひとつ視力表」を使って検査すべきだったのに。

検査室の端《はし》に立てかけてある「字づまり視力表」には、なにかを諦《あきら》めたような「Ｃ」のでき損《そこ》ないが並んでいた。

「輪っかの切れ目を答えてね」

と言われた祐也君は、僕を指差して笑った。彼と目が合った。いまだ。検査を始めようと呼びかけた瞬間に、またそっぽを向かれてしまった。その後は面白そうにあたりを見回すだけだった。

「祐也君、ちょっと前を見てもらえるかな」

と、何度言っても無駄《むだ》で、呼びかける度に僕の力を向いてニコッとしてくれるのだけれど、視力検査をやる気がないことだけは分かった。最後は座っている回転椅子《いす》をクルクル回して遊び始めた。視力検査を諦めて、測定不能と記載してカルテを回そうとしたとき、広瀬先輩に見つかって検査室の隅《すみ》に連れてこられた。

北見《きたみ》眼科医院に視能訓練士として勤め始めて一ヵ月半、とにかく僕は叱られっぱなしだった。広瀬先輩は頭ごなしに人を叱ったりしないし、口調のどこにも怒気《どき》は感じられない。だから叱られているという雰囲気《ふんいき》ではないのだけれど、自分はこんなにも使えない人間なのかと実感し続けるのは、怒鳴《どな》られるよりも痛い。

「すみません。これから気をつけます」

と頭を下げて、駆け出すような勢いで立ち去ろうとしたとき、腕を摑《つか》まれた。振り返ると、人差し指を一本僕の顔の前に立ててみせた先輩がこちらを見つめている。

「落ち着こう。言ったばかりだよ。また機材に足をぶつけるよ。このままだと野宮君の足か機材、どっちかが壊れちゃうはずだよ」

広瀬先輩の目が、ほんの少し鋭くなった。僕は足元を見た。確かに後ちょっとで小指の先を強打するところだった。昨日も同じことをやったばかりだ。

検査室の隅っこには、多くの精密機器が置かれている。目という、人体の中でも際立って精密な器官を検査するための機材は大型なものが多く、各機材間には、肩幅くらいの隙間《すきま》しかない。僕は検査室を静かに歩いて、広瀬先輩から距離を取った。

そっと振り返ってみると、広瀬先輩は目を細めてこちらを見ていた。それから、機材の間を器用にすり抜け、次の患者さんの検査に向かった。患者さんの前に立つときには、さっきとは違う大きな笑顔と明るい声だ。広瀬先輩の瞳は、笑顔や声よりも明るい。広瀬先輩のハキハキとした声を聞くと、患者さんの応答もよい。僕は思わず、

「遠いな」と呟《つぶや》いた。

さっきの固くて暗い感情が、透明になって消え去っていった。

広瀬先輩の働く姿は、なにかがすごくいい。働き始めるまで、眼科というのはもっと静かで無機質なものだと思っていた。だが北見眼科医院のスタッフは全体的に柔らかく、明るく、親しみやすい。突然バシッと背中を叩《たた》き、

「ノミー、元気出せよ！」

と、明るい声で、男性看護師の剛田《ごうだ》さんが声を掛けてきた。僕よりも一回り上背のある剛田剣《けん》さんは、眼科ではあまり必要ない体力と筋力とを有している。週に四日もジムに通い、趣味はアウトドアで、乗っている車も年季の入ったジムニーだ。雪山とか砂漠《さばく》とかジャングルとかワイルドなところで活動するのが似合いそうなのに、彼が就職先に選んだのは、精緻《せいち》を極める

眼科医療の現場だった。北見先生を除けば、男性スタッフは剛田さんと僕だけなので、自然と仲良くなった。ノミーというあだ名は、名づけ親の剛田さんしか使わない。

「遠い目で広瀬さんを見ちゃってどうしたの。見とれちゃう？」

「そういうのじゃないです。また注意されちゃって」

「そっちかあ。一時間に一回は呼ばれてるよね」

剛田さんは一度こちらを覗き見た。

「このままだと、戦力外通告されちゃうかも」

そう言って笑ってみせたけれど、余計に落ち込んでしまった。剛田さんはしょうがないなという顔をしながら、僕の肩を二回叩いた。剛田さんの瞳は穏やかだけれど、少し冷たく光っていた。その瞳から感じたのは「頑張《がんば》れよ」と「良い仕事しようぜ」だった。僕はただ、「頑張ります」と答えた。

剛田さんも微笑んで、それ以上はなにも言わなかった。

「まあ、ドキリとする憧《あこが》れの先輩だよね、広瀬さん。俺もノミーにそんな眩《まぶ》しい視線で見つめられるように頑張ろう」

と言いながら、患者さんの方に飛んでいった。仕事をしに行ったのか雑談をしに行ったのか、よく分からなかったが、楽しそうなことだけは分かった。僕はいま慰《なぐさ》められていたのだろうか。

視能訓練士は、視機能学に特化した教育を受けて、眼科医療に関わる専門的な機器を使いこなし、医師の指示のもと検査や視機能に関する訓練を担当する専門技師だ。

北見眼科医院は街の個人病院で、医師は北見先生一人しかいない。視能訓練士は二人いるが、スタッフは多くない。年配の患者さんが多く、訓練よりも検査が業務の中心になる。患者さんが少なくないので、僕が検査をできなければ、広瀬先輩が一人で患者さんを回さなければならなくなり、検査室は機能不全に陥《おちい》ってしまう。それは分かっているのだけれど、手際良くこなすということが僕にはできなかった。それどころか、普通に検査を行うこともなかなかできず、ミスも多い。

終業までに、加齢黄斑変性《かれいおうはんへんせい》の倉田《くらた》さんという年配女性のカルテに、前回の検査時には字ひとつ視力表を使っていたことを示す「si」の記載があるのを見逃して、注意された。

「視野の中心部がこんなに欠けた人に、普通の視力表を使っても駄目でしょう。落ち着いて、きちんとカルテを読んで、患者さんを見て、それから検査。二回目だよ」

と言われたときに、自分がまたミスを犯してしまったことに気がついた。「やってしまった」と思い、僕はまた大きなため息を吐《つ》いた。

広瀬先輩はそのときもフォローに回ってくれた。先輩は、僕がなにかをやらかす度に忙しくなっていく。申し訳ないと思う気持ちと、顔向けできないという居心地の悪さが重なり、だんだん心も身体《からだ》も、周りの空気までも重くなる。

僕はその後の検査で倉田さんに平謝りした。倉田さんは穏やかな瞳で、こちらを見ていた。

眩しいものを見るようなその視野の中心に、僕が映っているのかどうかは分からなかったけれど、瞳は光を吸い込むように柔らかかった。


僕が発した大きなため息は、検査室に響いた。

けれどもそれを聞いた人は誰もいない。病院の業務時間が終わり、片づけと掃除《そうじ》をしている間に、僕以外のスタッフは全員帰ってしまった。

僕は、視力検査用の椅子に座り、字づまり視力表をぼんやりと見ていた。

「ここでじっと待たされるのは、嫌だよな」

ふと検眼枠《けんがんわく》が目にとまった。検眼枠というのは、度数の違うレンズを自由に入れ替えることのできる視力検査用のメガネのことだ。レンズの入っていない検眼枠を掛けると、メガネの枠で視界が狭まった。それから、左目に目隠しを入れてみた。右目にはワザと乱視矯正《きょうせい》用の強いレンズを入れて、ぼやけた視界に耐えながら前を向く。

そして、字づまり視力表の一番上の大きなランドルト環を見た。大きなCが歪《ゆが》んで滲《にじ》んでいる。視力表までの距離が案外遠く感じる。

「輪っかの切れ目を答えてください」

と心の中でいつもの台詞《せりふ》を呟いて、右、左、上、と答えてみた。自分でも馬鹿《ばか》らしいことをしていると思った。けれど、そうやっていると少し患者さんの気持ちに近づけるような気がした。

右目の検査が終わり、左も検査しようとレンズを替えたとき、

「なにしてるの。野宮君」

と男性の声が聞こえた。振り向くと、チノパンにラガーシャツの丸っこい男性が立っていた。院長の北見先生だ。

僕は慌てて立ちあがった。弁解の言葉を発しようとしたとき、北見先生はフチなしの丸メガネの奥で小さな瞳を輝かせ、手を叩くと、

「あっ、分かった。一人で練習してたんでしょう」

と嬉しそうに近づいてきた。先生は僕の掛けていた検眼枠を素早く奪い取り、僕が座っていた椅子に座った。突っ立っていると「どうぞ」と目で合図した。僕の練習につき合ってくれようとしているのだ。

僕は患者さんにするように、先生の視力検査を行った。それは簡単に終わった。北見先生が協力的に答えてくれたからだ。いつもこうだったらいいのに、と思った。先生は、

「なんだ、野宮君。ちゃんとできるじゃない」

と、笑顔で言ってくれた。つられて、僕も少し笑った。それを見ると北見先生は、うんうんと頷《うなず》いた。これは先生の癖だ。病院の先生というよりは、幼稚園の園長先生のようにも見える。

「そう。そうやってちゃんと笑顔でね、検査をするんだよ。私たちが辛《つら》そうな顔や不安そうな顔をすると、患者さんも不安になってしまうからね。大丈夫《だいじょうぶ》、って言ってあげられないで

しょ」

そう言って、また大きな笑みを作った。

北見治五郎《じごろう》先生と出会ったのは、二ヵ月前のことだ。

新人急募の知らせが大学に届き、最後まで売れ残っていた僕にチャンスが回ってきた。単位も取り終えて、視能訓練士の国家試験も終わったけれど、僕の就職先は決まらなかった。面接に行った病院からはことごとく内定が取れず、五十人前後いる視機能学科の中で唯一の就職浪人になりそうだった。くすぶっているうちに三月中旬になり「この病院が駄目なら、視能訓練士以外の就職先も考えなければならない」と大学でも言われた。が、僕はなぜだか自分が視能訓練士以外の仕事についているイメージを持てなかった。

三月の晴れた暖かい日、面接を受けるため休診口に北見眼科医院を訪れたとき、先生は病院の前の花壇で水やりをしていた。今日と同じようなチノパンにラガーシャツで、軍手を着け長《なが》靴《ぐつ》を履《は》いていた。

病院の関係者だと見当をつけて「こんにちは」と声を掛けた拍子《ひょうし》に、北見先生は水やりをしていたホースごとこちらを向いてしまい、僕に向かって放水した。就職活動のための一張羅《いっちょうら》のスーツは、水浸しになった。

北見先生は謝りながら「タオルを持ってくるからね」と言い、僕は病院に招き入れられた。入り口付待合室から検査室のドアを抜けると、小学校の教室くらいの空間が広がっていた。

近には、ノンコンタクトトノメーターやオートレフラクトメーターなどの機材が並び、その傍《そば》にはワゴンや椅子が置かれている。機材を避けて大回りする通路が確保されているけれど、機材同士の隙間は狭い。

部屋の端にカーテンで仕切ることができる四畳半くらいの空間があった。背もたれのない丸い椅子と机と先生用の椅子が置いてある。たぶんあそこが診察室なのだろう。整然と片づけられたスペースが、病院独特の調和を感じさせた。

「あ〜あ、やっちゃった」先生は独《ひと》り言《ごと》を言いながら、柔和《にゅうわ》な笑みを浮かべている。大方の人がビールを飲んだ後に浮かべるような笑顔だ。還暦《かんれき》を過ぎた男性なのだろうけれど、可愛《かわい》く見える。小さくて丸いフチなしのメガネが真円に近い顔の輪郭《りんかく》と呼応していた。タオルを探し当ててくると、

「ごめんね。髪がボサボサになっちゃったね、いや元々ボサボサかあ」と、さっきの独り言と同じトーンで言いながら、僕にバスタオルを手渡した。タオルを受け取るとスーツの上着を脱いで、身体を拭《ふ》いた後、盛大に水を被《かぶ》った頭を拭き、バスタオルを畳み、頭を下げながら北見先生に返した。

顔をあげると、年季の入った白衣を着た包容力と威厳《いげん》のある男性が座っていた。タオルを手渡したときに、

「はい」

と言った声のトーンも、先ほどの柔和なオジサンの印象ではなく、職業的な響きがあった。

白衣マジックも極まれりという瞬間を目にした。僕がその変化に驚いていると、先生は照れくさそうに、

「ここに来ると白衣、着ちゃうんだよね。まあ緊張しないで、ラフにいきましょう」

と言った。僕がドギマギしていると、「ああごめん」と立ちあがり、診察室の電気を点《つ》けた。

「ここが暗い状態に慣れていてね」

たぶん先生はいつもここでスリットランプを使っているのだ。薄暗い状態で使用する機械なので、診察室は少し暗いくらいが普通なのだろう。電灯が点くと、二人とも目を細めた。

「ええと、では、視能訓練士募集の面接を始めます。北見眼科医院の院長の北見治五郎です」

北見先生は、そう言って頭を下げた。僕も立ちあがり、

「南川《みなみかわ》福祉大学の野宮恭一《きょういち》です。よろしくお願いします」

と、深々と頭を下げた。先生は僕を見上げながら、

「イケメンって言われるでしょう」

と言った。

僕は、「そんなことはないです」と応《こた》えながら、「見かけだおし」と言われ続けてきたことを思い出した。見かけは器用にできてるのに、中身は不器用そのものだと、物を壊す度、妹から嫌味を言われた。先生は、僕が着席するのを見計らって、

「じゃあ……」

と口を開いた。僕はその瞬間、昨日寝ずに考えた北見眼科医院を志望する動機や、視能訓練

士を目指した感動的な作り話を思い起こしていた。だが先生は「じゃあ」と言った後、口を開けたまま止まってしまった。

僕は眉《まゆ》をひそめた。視界の端には、机の上に置かれた履歴書が入った封筒がある。それは、封が切られていなかった。驚きでさらに角度のついたへの字にまで眉を曲げた。北見先生はじっとこちらを見ている。目を細めて、それから一度大きく見開いて、もう一度目を細めた。少し微笑んでいるようにも見える。

「いつから来られる?」

僕は混乱した。だが反射的に、

「来月から」

と答えた。すると先生はさっきよりもはっきりと微笑んで、

「じゃあ、来月から」

とだけ言った。そして沈黙が訪れた。

「あの志望動機とか、経歴とか特技とか聞かれないんですか」

と訊《たず》ねると、北見先生は「ああそうだった」と封筒を手に取り、指で破いて、履歴書を取り出した。それから老眼鏡《ろうがんきょう》で字を読むように履歴書を覗いた。けれど、あまりしっかりとは読んでいないようだ。たぶん僕の字が汚いせいだろう。

「趣味は、読書と映画鑑賞と音楽鑑賞、と書いてある」

北見先生は履歴書を読みあげた。「正解だよね?」と聞くような調子だ。

「はい」

「志望動機は、ああこれか、すごく長く書いてあるね。まあ、これはいいや。じゃあ、なぜ視能訓練士になろうと思ったの」

と訊ねられて、用意してきた台詞を口にしようとしたとき、

「本当のことを教えて」

と言われてしまった。僕は、数秒考えた。予定していた通りでいこうかとも思ったけれど、北見先生の瞳を見ていると、嘘《うそ》が言えなくなってしまった。

「大学受験のときに、母校が推薦枠を持っていたからです」

僕はゴニョゴニョ言った後に、うつむいてしまった。本当に本当のことを言うと、なんでこんなにバツが悪いのだろう。北見先生は頷き、

「分かる分かる。私も細かい作業が好きだからという理由で、なんとなく眼科を選んじゃったんだよね。人生の大事なことって、案外勢いで決めちゃうことあるよね」

と嬉しそうに声をあげた。しばらく天井《てんじょう》を見つめた後、

「それだけ？」

と、僕に「言い残したことはないか？」と訊ねるように言った。僕は北見先生をまっすぐに見た。蛍光灯《けいこうとう》の光が、先生の瞳に反射している。僕はその左目だけを見ていた。言葉にしたことのないなにかが、浮かんできそうだった。先生は待ってくれていた。

「誰かの瞳を見つめているのが好きなんです」と僕は言った。

「瞳を？　それはまたどうして」

「自分にも分かりません。ただ、瞳を見ていると、それまで気付けなかったことに気付けるような気がするんです。瞳の光がなにかを語ってくれている、そんな気がすごくするんです。それで視能訓練士という、瞳に……視機能に関係する仕事があることを知って、強く惹《ひ》かれました。幸運なことに母校に視能訓練士になるための大学の推薦入学枠があった。僕はそこに行きたいと思いました。でも両親や当時の担任の教師には、反対されました」

先生は、目をシパシパさせた。

「続けて」

「僕は生まれつき不器用で、技師になれるような適性はないと判断されていたんだと思います。視能訓練士の大学に行けば、それ以外の職業につくことは、ほぼできません。潰《つぶ》しがきかないから」

「なるほどね」

「でも僕は、不器用だからこそ、こういう道を選びたいと思ったんです」

「どういうことかな」

「僕はなにもかも器用にこなすことはできない。だからきっと、なんでもはできないと思います。だからもし、さまざまな可能性を残したまま普通の大学に行って、潰しのきく人生を選んでしまうと、一生なんにもなれなくなる気がしたんです。そんなとき、視能訓練士になるための大学があって、一つのことをやり続けていく道があると知って、瞳を見つめていることが好きな、自分の感覚に響いたんです。自信はなかったけれど、これなんじゃないかって思ったんです。だから周りの反対を押しきって、進路を決めました」

「自分の意志でね」

「たった一つのことを選べれば、なにかになれるかもしれない。どんなに苦手でも、いつかそれができるようになるかもしれない。推薦枠があったから大学を決めたのも本当のことだけれど、この仕事がいいなって確かに思っていて、それで眼科の医療に関わる仕事を志望しました」

馬鹿馬鹿しくて、感覚的で、個人的なことを口にしていると思った。北見先生は腕を組んで、じっと僕の瞳を見つめていた。

「瞳の光を見つめる、か」

北見先生はしばらく天井を見上げていたが、立ちあがって電気を消して、それから僕の後ろにあるカーテンを閉めた。突然、半暗室が生まれた。北見先生は薄ぼんやりとした丸い影になった。

「君の瞳が見たくなっちゃったな。ここに顎《あご》を載せて」

と、先生はスリットランプの明かりを点けて促《うなが》した。顎台に顎を載せると、先生はスリットランプの向こう側から僕の目を見ていた。細隙灯顕微鏡《さいげきとうけんびきょう》とも呼ばれるこのスリットランプは、眼科の医師の主力兵器だ。鋭い光が目の中に差し込まれる。

「うん、綺麗《きれい》な瞳だね。特に異常はなさそうだ」

スリットランプの向こう側にいる先生の声が、さっきとは打って変わって厳しいものになっていた。光線の向こう側の表情は窺《うかが》えない。僕の目は緊張で細くなった。北見先生はなにを見ているのだろう？　顕微鏡を見つめる僕の目の中に、なにを見ようとしているのだろう。

「ここに座って長年、患者さんの目を見てきた。私にも君の言うことが分かるような気がするな。この仕事は瞳がなにを語っているかを見つめる仕事と言えるかもしれないね」

僕はなにを言われているのか分からなかったけれど、固定された顎をなんとか動かし、頷いてみせた。

「面接でこんなことを話したのは、君が初めてかもしれない」

返事は期待していないような呟きだった。

「さあ、顎を外して。ありがとう。野宮君、君にはとても良いところがある。それがなにか分かるかい」

「いえ、いつも悪いところばかり見つけられてしまうのですが。最近は特に」

これまでの面接でのしどろもどろの応対を思い出していた。冷たい視線と気まずい空気とともに蘇《よみがえ》る苦い思い出だ。けれどもいま北見先生の瞳に嘘はなく、大らかだった。

「工夫は少し足りないが……、とても正直だ。それに、自分の意見を持っているね。そこが気に入ったよ。この仕事はスタッフと連携《れんけい》してチームで行うものだ。誠実さや正直さが大切になってくる。一方で、視能訓練士さんはプロフェッショナルでもある。自分の考えを持ち、意見をきちんと言えることも大切だ。人には容易に理解されないことも、必要とあらば考え、口にできる。取ってつけたようなことを言わず、伝えてみようと試みている。そこがいいと思ったよ。視能訓練士さんというのは、まさしくうちの『目』そのものだからね」

「ありがとうございます」

「たった一つのことを選べれば、なにかになれるかもしれない、っていう君の言葉。私にもよく分かる。それが生きる術《すべ》を選ぶってことかもしれないね。無限の可能性がそこにあったとしても、なに一つ選べなければなにもないのと同じだ。船もただ大海に浮いているだけでは、漂流物となんの違いもない。そういうことだね。そうか……、よく分かりました」

北見先生は満足そうに頷いた。それから、ゆっくりと言葉を続けた。

「いいかい、野宮君。技術を学んでいく仕事で、最初の数年というのは、すごく大切だ。君が思っているよりもずっとね。うちは小さな病院だけれど、最高の先生を君につけてあげられる。しっかりと勉強してほしい」

「最高の先生？　北見先生ではないのですか」

「はは。私ではないよ。私は医師で視能訓練士ではない。会えば分かるよ。野宮君、君がどんな視能訓練士さんになるのか、楽しみだなあ」

北見先生は立ちあがって、白衣を脱いだ。

僕の面接はそれで終わった。

翌日も、剛田さんは元気だった。

午後の患者さんも多くない時間帯で、皆、ゆったりと仕事をしていたとはいえ、患者さんを相手に検査室の入り口あたりで大きな声で雑談を続ける剛田さんの度胸に、密《ひそ》かに感服していた。僕なら怒られるのが怖くて、ああいうふうにはできない。けれども一緒になって話している年配の女性が楽しそうなので、誰もお喋《しゃべ》りを止めたりはしなかった。

平和だなと思ったけれど、居心地は良くなかった。

「嫌な予感がする」

声に出してこそ言わなかったが、そんな気持ちだった。そして、そういう悪い予感ほど当たってしまうものだ。

剛田さんたちのお喋りがトーンダウンしてきたとき、受付の丘本《おかもと》さんという看護師の女性が、問診票とカルテつきのファイルを持ってきた。広瀬先輩が、僕に目で合図したので、患者さんのファイルを取り出し、検査室に入ってもらうように丘本さんに伝えた。

やってきたのは、六、七歳くらいのツインテールの女の子だった。

女の子は狭い機材と機材の間をすり抜けて、僕の方へ小走りでやってきた。よく僕が足をぶつける高価な機材の傍だ。女の子は一人だった。その後ろから大人の女性が急ぎ足でやってきて、女の子の腕を奪うように摑んだ。それから、小さな肩を強く摑んで、

「とも子。勝手に入ったら駄目でしょ！　病院の中では静かに。落ち着いて！」

と、厳しい調子で叱《しか》っていたので、この女性がとも子ちゃんのお母さんなのだろう。女の子は表情を変えなかった。検査室の中を走り回られるのは困るけれど、そんなに強く叱らなくて

もと思った。小さなころ、母に叱られていたことを思い出した。だが、あのときの僕よりも女の子は強く叱られている。

　お母さんの瞳は潤《うる》んでいる。縁取りのお洒落《しゃれ》なメガネの下の隈《くま》は濃い。疲れがたまっているのかもしれない。

「周りをよく見て歩きなさいって、いつも言っているでしょ？　見えにくいなら余計に周りを見ないと駄目でしょ」

　お母さんの強い口調は、検査室にいる全員の耳に届いていたのだろう。和《なご》やかな雰囲気から一転して沈黙が生まれた。剛田さんも気配を消した。とも子ちゃんは視線を下げて、眉を寄せ、唇《くちびる》をきつく結んだ。小さく「ごめんなさい」と言った後、顔をあげて、お母さんの目をじっと見た。まるで睨《にら》み合《あ》いのようだ。すぐにお母さんの方がとも子ちゃんから視線を逸《そ》らし、周囲を窺った。そこには無関心を装った冷たい空気があった。

　問診票には「矢木《やぎ》とも子、六歳」と書いてあった。学校の視力検査で、視力が落ちているのが確認されて、病院に行くように指示されたとある。目が見えにくいと訴えていると丁寧な字で書いてある。お母さんが記載したのだろう。ピリピリしているのは心配の表れなのだろうか。お母さんが一緒だと自覚的な検査はやりにくそうだなと思った矢先、こちらを見ていた広瀬先輩がやってきて、

「後でお呼びしますので、外でお待ちください」

　と、丁寧だけれど有無《うむ》を言わせない調子で言った。広瀬先輩の雰囲気に気圧《けお》されたのか、周

りの緊張した空気のせいか、お母さんはバツが悪そうに「では先生よろしくお願いします」と頭を下げた。お母さんは一度だけ遠くからとも子ちゃんを厳しい目で見たけれど、待合室の方へ戻っていった。扉を閉めるとき、音を立てないようにそっと閉めていた。

広瀬先輩を医師と勘違《かんちが》いしていたことが、スムーズな流れを生んだのかもしれない。視能訓練士は看護師さんによく間違われるが、ときどき、医師にも間違われるのだ。広瀬先輩の雰囲気が医師然として見えたのだろう。

「お兄さんと検査しよっか」

と、広瀬先輩はにこやかに語りかけながら、オートレフラクトメーターの置いてある回転椅子の方に誘導すると、

「じゃあ、あとはよろしく」

と、検査室の奥の小部屋に消えてしまった。とも子ちゃんは椅子に大人しく座っている。六歳の子を前にすると、オートレフラクトメーターは大きく見える。

僕はとも子ちゃんと同じ目線にしゃがみ込み、

「今日はどうしたの」

と聞いた。

「分からないです。見えにくいかも」

とも子ちゃんは悪いことをしてしまったときのように、一瞬だけ僕を見て、それから視線を下げた。興味は僕に向いていない。大人とは違う小さな子独特の沈黙や間の取り方に戸惑《とまど》って

いた。

オートレフラクトメーターの裏側に回って「目を閉じずにまっすぐ見ててね」と声を掛けながら、機械を起動させた。視力検査前の小手調べだ。

これは目の屈折度を測る機械で、平たく言ってしまえば、遠視や近視や乱視といった目の状態を自動的に測定するものだ。とんでもなく便利な機械で、立ったまま操作でき、検査をする側は、あまり頑張る必要がなかった。

検査結果を見て首をかしげてしまった。数値が安定していない。だが「子供の目の調節力は、大人よりも強く、値《あたい》が安定しないこともある」という学生時代の講義の内容を思い出し、次の検査に行くことを決め、視力検査をするための椅子に、とも子ちゃんを誘導した。

「輪っかの切れ目を教えてください」

と指示した後で、昨日の失敗を繰り返さないように「字ひとつ視力表」を使って、輪の切れ目を答えてもらう。字ひとつ視力表は、ランドルト環が一つだけ描かれた大きな紙を一枚用いた視力表のことだ。一番近くの五十センチくらいの距離から、約五十センチずつ患者さんと距離を取っていき、最大五メートルまで移動しながら、一枚の紙を回し視力を計測していく。

視力を測り始めると最初の方から、とも子ちゃんは、か細い声で、

「分かりません」

と言った。僕はそれを聞いて立ち尽くしてしまった。裸眼《らがん》視力を数値に直すと、彼女はほとんど周りが見えていないことになる。心臓が鳴る音が聞こえた。重篤《じゅうとく》な病気なのだろうか。お

母さんの厳しく張り詰めた雰囲気が思い返された。あの雰囲気の方が、とも子ちゃんの状態を正確に表しているように思えた。検査室のすべてが、モノトーンになってしまったかのような重みを感じる。

僕は息を大きく吸い込み、視力を測り直した。検査する声は大きくなる。とも子ちゃんの瞳も見開かれる。けれども検査の結果は変わらなかった。とも子ちゃんは、申し訳なさそうにうつむいている。

僕は唾《つば》を飲み込み、上ずった声で「大丈夫だよ」と言った。自分自身に言いきかせる言葉のようだった。僕は、次の手順に移った。

検眼枠を持つ手が汗で湿っていた。僕はゆっくりと、とも子ちゃんに検眼枠を掛けた。とも子ちゃんは一瞬視線をあげて、目の前にある検眼枠を見た。

「どうしたの」

と声を掛けると、なにか言おうとして少し息を吸い込んだ。けれどそれからすぐに、

「なんでもない」

と小さく言った。

僕が、「そっか」と返答した後、沈黙が生まれてしまった。小さな子供の沈黙に僕は圧力を感じていた。空気がまた少し暗く濁《にご》る。僕はとも子ちゃんから目線を逸らして、矯正視力を測り始めた。矯正視力というのは、レンズを入れたときの最良の値のことだ。子供の調節力は大人よりもずっと強いので、今度は値が変わるかもと思ったが、さっきよりも少し視力が改善し

ただけで、結果は芳《かんば》しくない。けれども、とも子ちゃんの瞳はとても真剣だった。暗闇《くらやみ》の中で一対の目だけが光っているかのようだった。その日はなにかを見ていた。なにかを探し見ているという気配を、僕は感じていた。

とも子ちゃんは、突然検眼枠を外し、くるりと回転させると、フォルムをじっと確認した。上から覗き、下から覗き、横からも見た。

僕はとも子ちゃんの前にもう一度しゃがみ込み、

「ごめんね、検査きつかったかな」

と訊ねた。とも子ちゃんは、ううんと首を振った。視線はこちらを向いていない。検眼枠の縁を確かめるように撫《な》でている。

「メガネ気になる?」

と訊ねてみた。とも子ちゃんは、こちらを向いた。瞳の奥に映る光の形が、さっきとは違う。それは特別な光だった。とも子ちゃんの心はここにある。

とも子ちゃんはもう一度、ううん、と首を振った。

「このメガネはあんまり好きじゃない」

と、顔をあげて話した。そのときまた少しだけ瞳が輝いた。さっきよりも、瞳の光は強くなった。

「メガネがないと、お母さんみたいにお仕事ができない」

と、言った。

「このメガネは、お仕事できなそう?」

僕が訊ねると、とも子ちゃんは「わかんない」と答えた。それから微笑んでこちらを見た。それは彼女にとって、大事なことのようだった。

とも子ちゃんの視線が僕の胸元に下がり、なにかを見た。突然、「のみや」と、言った。呼び捨てにされた? 僕は驚いてとも子ちゃんに近づいた。僕たちの間は一歩分くらい離れていた。すると、とも子ちゃんはもう一度「のみや」と言った。僕に訊ねるような口調だった。自分の胸元を見るとネームプレートがあった。そこには『野宮』と僕の名前が書いてあった。とも子ちゃんはそれを読んだのだ。

「そう、野宮だよ。漢字が読めるのすごいね」

「ちゃんと勉強してるの。早くお仕事もできるようにならないと」

と、言った。「お仕事も」という言葉を聞いてビクッとしたが、無理にでも微笑んでみせた。褒《ほ》めてもらおうと思って、名前を読んでみせたのだろう。

その後、眼圧をノンコンタクトトノメーターで測り、一通りの検査は終了した。眼圧は問題がなかった。

僕はカルテを北見先生のところに持って行った。先生の傍には萱野《かやの》師長もいた。師長は、温かな雰囲気の人だ。僕がカルテを渡すと、

「じゃあ、診察します。呼んでもらえますか」

と、落ち着いた様子で言った。僕は、とも子ちゃんを診察室まで連れてきて、椅子に座らせ

た。そのまま立ち去ろうとすると、先生がそこにいるようにと、指で合図した。診察を聞いておけ、ということなのだろうか。僕はカーテンの外側で、診察の様子を見ていた。カーテンが閉められてはいないので、離れたところからでも診察の様子が見える。

「矢木とも子ちゃんだね、こんにちは」

と、北見先生は顔いっぱいに笑みを浮かべた。とも子ちゃんは病院内の誰よりも明るく朗《ほが》らかな雰囲気のオジサンにびっくりしたようで、大きく目を見開いた。

「ちょっとここに顎を載せて、光が見えるかなあ」

片目ずつスリットランプで、とも子ちゃんの目を確認していく。ランプを覗いているときの先生の顔は、先ほどの大きな笑みとは打って変わって真剣そのものだ。目を細め、知性で研《と》ぎ澄まされた表情をしている。

「はい分かりました。ありがとう。じゃあ、そこのちょっと離れたところの椅子で待っていてもらえるかな。それから萱野さん、お母さんを呼んでもらえる?」

萱野師長はとも子ちゃんを、検査室端のベンチに連れていった。お母さんは、すぐにやってきた。先生は厳しい表情をしたお母さんを、さっきと同じように迎えた。お母さんは、頭を下げて着席した。

「急に視力が下がったということですが、それ以外でなにか変わったこととかありますか」

お母さんはうつむいてから、メガネを左手であげると、

「いえ、特にないと思います。視力が急に落ちたので、学校から診察を受けるように言われま

した。算数のときに黒板の数字が見えにくくなったと言っております。学校は楽しそうですし、お友だちとも仲良くしているそうです」

「そうですか。算数ね……。ではお母さん自身に変わったことはありますか」

お母さんは、驚いたように先生を見た。先生は静かな瞳でお母さんを見ていた。お母さんはおどおどし始めた。強く厳しい人だという印象だったけれど、違うのかもしれない。

「私ですか？　私のことが関係あるのでしょうか」

「とも子ちゃんに関係のあることなら」

お母さんは、考えを巡らせながら呼吸を整えていた。北見先生は、待っている。沈黙はお母さんを追い詰めているようだった。しばらくしてようやく口を開いた。

「とも子が小学校に入ったので、仕事を変わりました。デスクワークの仕事で少し長く働くようになりました。ですが、極端に長くなったとかそういうことはありません。大きな変化ではないと思います」

お母さんの声は震えていた。先生はそれを聞いて、厳しい顔をした。発言自体になにかを感じたというよりは、なにか不透明なものを見る目付きだった。

「とも子は、治るのでしょうか。どんな状態なのでしょうか。見えなくなったらどうしようかと……、担任の先生に急にこんなに視力が下がるのはおかしい、早く病院に連れていってほしいと言われたんです。でも、なかなか休みが取れなくて。そうしたら黒板の数字も見えていないようだ、と連絡が来てしまって。先生、とも子は重い病気なのでしょうか？」

お母さんはまくし立てるように言った。先生は、お母さんを見て、冷静な声で言った。

「それはもうちょっと検査してみないと分かりません。少しお待ちください」

北見先生の声のトーンの冷たさに、お母さんは抑えられて、疲労の増した表情で軽く礼をして立ちあがった。それからゆっくりと診察室を出て待合室の方へ戻っていき、また静かに扉を閉めた。お母さんが診察室を去ると、部屋の空気が軽くなった。

先生はカルテを見ながら、眉をひそめて、その後、目を細めた。理由はよく分かる。とも子ちゃんの視力検査の結果は、芳しくない。北見先生は、僕を呼んで、

「とも子ちゃんとなにか話した?」

と、聞いた。僕は、報告するほどのことではないかもしれないと思ったけれど、さっきのやりとりを伝えた。

「検眼枠を見て、このメガネはあんまり好きじゃないって言っていました。メガネがないとお母さんみたいにお仕事ができないって」

すると、北見先生は「おっと、そうか」というような顔をして、こちらを見た。

「熱心に検眼枠を見ていたんだね?」

「そうです。診察には関係ないことかもしれませんけど」

「なるほど」

「もう一つ気になったことがあります」

「なにかな」

「とも子ちゃんが、僕のネームプレートを読んだんです。ほとんど見えないはずの距離から」

それを聞くと、先生はまた微《かす》かに頷いた。それからしばらく天井を仰いだ後、納得したような顔で頷いた。それをじっと見ていた僕が、

「なにかできますか?」

と、訊ねると、北見先生はカルテを膝元《ひざもと》に落としてニヤッとした。

「じゃあ、野宮君にはGPをやってもらおうかな」

と言った。僕はその単語を聞いて、一気に背筋が凍《こお》りついた。

「広瀬さんにも、さっきのメガネの件とネームプレートの話を伝えた後、カルテ見てもらって。それからGPをやってね。じゃあ、頑張って」

と、北見先生は僕にファイルを渡した。僕は曖昧《あいまい》な返事をした後、検査室の奥の小部屋にいるはずの広瀬先輩のもとへ向かった。

先輩はプリンター三台分はあろうかという機材を、右へ左へ動かしていた。眼球運動検査の機材だ。病院内で一番大きい。広瀬先輩は腰を入れて機材を押していた。

「先輩ちょっと」と僕が声を掛けると、広瀬先輩は、げっそりと疲れた顔でこちらを見た。少し息があがっている。僕が状況を説明すると、息を整えて、カルテを眺めた後、

「もうほとんど答えは出てると思うけれど。野宮君は気付かないかな」

と言った。僕は背筋が硬直した。その様子を見た先輩は、

「まあ仕方ないか」

と、またカルテに視線を戻した。カルテを見ている広瀬先輩の横顔に、北見先生からGPをするように言われたと伝えると、僕を一度見て「なるほどね」とまた興味なさそうに言った。その後「う〜ん」と一度だけ唸《うな》ると、オートレフラクトメーターの値を指さして、

「ここどう思った？　このレフの値、どう思う？　大ヒントだよ」

と、訊ねた。僕には見当もつかなかった。

「子供ならこんなものかなあと思ってましたけど」

と正直に答えると、先輩はまた数秒考えて「ふ〜ん」と言った。その後、

「そっかあ。分かった。じゃあ検査やってみて」

と、あっさり僕にカルテを返した。なにかアドバイスをもらえるものかと思ったけれど、先輩の言葉はそれだけだった。とも子ちゃんが待っているので、急いで立ち去ろうとすると、ゴスッという音と共にまた左足の小指に激痛を感じた。悲鳴をあげて飛びあがりそうだったが、なんとかその場でこらえた。

「深呼吸して、落ち着いて」

と、広瀬先輩は同情するように言った。僕はなにも答えずに脂汗を拭きながら頷いた。

僕は左足の小指の痛みが引いた後、とも子ちゃんを暗室に連れてきて、セッティングを始めた。

「光が見えたらボタンを押してもらうゲームみたいな検査だから、楽しいかもしれないよ。リ

ラックスして検査を受けてね」

と語りかけたが、僕の心臓の鼓動《こどう》は、言葉とは裏腹に速くなっていった。僕は今から、難易度の高い検査をやるのだ。

GPというのは視野を測る検査だ。ゴールドマン視野計（Goldmann Perimeter）という機械を使って、片目ずつ計測する。真っ暗なドーム状になったスクリーンに光が現れたら、検査を受けている人はボタンを押す。すると音が鳴って、検査している人に見えたことが知らされる。それを繰り返して光が見える範囲を測定するのだ。検査する側は、音が聞こえた座標を見えた位置として専用の紙にプロット（鉛筆で点ける印）を打ち、検査終了後そのプロットを結ぶことで、イソプターと呼ばれる視野の形を作る。

視野が欠けている場合には、見えない角度からの光に反応しなくなるので、イソプターの形は歪《いびつ》なものになる。


視野というのは、盲目の海にポツンと一つ浮かぶ孤島に例えられる。

なにも見えないのが海の部分で、見えているのが島の部分ということだ。検査のときに視野の島の上を通過する光を、僕は島の上空を飛ぶプロペラ機のようなものだと思っている。患者さんはその飛行機が見えた瞬間に「見えたよ！」と手持ちのボタンを押す。すると機械は「了解」というようにピッと音を立てる。その音を聞きながら、僕たちは島の輪郭＝視野を計測するのだ。

顎台に顎を載せて目を見開いていれば、オートで計測できるものではなく、患者さん自身が見えたという自覚を伝えることで、初めて計測できる。だが、人間の自覚的な知覚というのは曖昧で、そこに視機能を計測する厄介《やっかい》さの本質が隠れている。

患者さんの反応の見極めと、視能訓練士の手技の精度が必要な厄介な検査が、このGPだった。手順が複雑で手先の器用さが重要視されるので、僕は好きになれなかった。好きになれないだけなら問題ないのだが、上手《うま》くもなれなかった。

もう一つの不安は、とも子ちゃんの集中力だった。

六歳の小学生の集中力には限度があり、長時間の検査は不可能だ。視力検査のときは、指示に反応してくれたが、長くはもたないだろう。検査は素早く行わなければならない。

プロペラ機を飛ばす滑走路には、暗雲が垂れ込めている。

この検査は、どうしてもきちんとこなしたいと思っていた。器質的な問題があるのなら、ここで見つけなければならない。人間が視覚から取り入れる情報は、他の感覚器官の情報量を圧倒する。光は大切なものだ。これから成長し、さまざまな経験をしていくとも子ちゃんには、かけがえのないものだ。

検査の手順を丁寧に説明してから、片目にガーゼをテープで張りつけた。照明を消して、さあ、始めるぞと大きく息を吸ってアームに手を伸ばしたとき、暗室の中に誰かが入ってきた。

「気にせず続けて」

振り返ると広瀬先輩が立っていた。僕は先輩がやってきたことで、緊張して背筋を伸ばし

た。そして、後ろを確認すると、先輩の言葉を思い出し、深呼吸した。

「落ち着いて、患者さんを見て、それから検査だ」

僕は、とも子ちゃんをもう一度見た。とも子ちゃんは座ったまま、もぞもぞとしていた。顎台の位置が悪いのだ。高さを調整し、「大丈夫?」と声を掛けると、

「今度は、大丈夫」とはっきりと言った。

顎台の位置が窮屈《きゅうくつ》なだけでも、患者さんの集中力は変わってしまう。検査が始まる前から失敗するところだった。振り返って広瀬先輩を見ると眼光は数字を見ているように冷たかった。

彼女は目を合わせず、頷いた。僕は椅子に座り、GPのアームを持った。

まずは右目からだ。観察望遠鏡という隙間を覗くと、とも子ちゃんが指示通りまっすぐ見てくれているのが分かった。

定石通り、盲目の海に浮かぶ孤島を十字に切る水平と垂直の視野を計測。光のプロペラ機を縦と横に一定の速度で飛ばして、反応を確認。とも子ちゃんのボタンでの応答があり、暗室に音が鳴った。僕はその瞬間ガッツポーズをしそうになった。検査はできそうだ。僕は観察望遠鏡を覗き込んだ。その先のとも子ちゃんの目は、パチパチしている。今のところフライトになんの問題もない。

僕は意を決して視標の操作を始めた。光をランダムに四方八方から中心に向かってなるべく同じ速度で動かした。こうすることによって、とも子ちゃんの注意を引き、自覚的な反応を可能な限り引き出そうと考えていた。飛ばした光の場所を正確に記憶さえしていれば、悪い方法

ではないと、教科書には書いてあった。六歳のとも子ちゃんが集中できる時間は短く、僕の検査の速度は遅い。僕にはこの方法しかなかった。視野が正常なら、こういう形になるだろうという予測はできていた。その形を導くように視野を計測するつもりだった。

だが少しずつ視野ができあがっていくにつれて、予想は粉みじんに打ち砕《う くだ》かれた。とも子ちゃんの視野は凸凹で、しかも、複雑な形をしていた。

「なにかが、おかしい」

そう思ったときには、プロペラ機は雷雲の中に飛び込んだように道筋を失っていた。方向を確認しながらランダムに飛ばしていた光の軌道は少しずつ乱れ始め、正確な形を取っていこうと一度計測した場所に、執拗《しつよう》に光を飛ばし直した。応答のブザーは激しく鳴り響く。測り直す度に視野の島は輪郭を変える。盲目の海は津波で岩礁《がんしょう》を叩きつけ、島を不規則に浸食していく。光のプロペラ機は今にも墜落しそうな暴走を繰り返している。僕は自分がどこを飛んでいるのかも分からない。

そのとき、後ろから飛び出してきた白い腕に僕の手は止められた。光の視標は停止して、一瞬で消えた。

「基本をよく勉強していて、いい線はいっていたけれど、ここで交代。視野の島は見えなかったでしょ?」

と言って、広瀬先輩は僕と席を代わった。

先輩は、検査用紙を新しいものに替えると、とも子ちゃんに、

「眠いかもしれないけれど、もうちょっとだけ頑張ろうね」

と、観察望遠鏡を覗きながら声を掛けた。そして、両手を膝の上に置くと、落ち着いて、と小さな声で呟いた。広瀬先輩の肩が呼吸で揺れた。

視標を灯《とも》すボタンのカチッという音を合図に検査は始まった。

アームを持った広瀬先輩の腕は、優雅に規則的に動き始めた。編隊を組むように、次々に並んで、反時計回りに、正確に視野の島の上を飛んでいった。まるで、晴れ間の凪《な》いだ海を心地良く進むように、光は風に乗って飛んでいく。視野の島があると思われる場所を、ただ美しく規則的に飛んでいく。

広瀬先輩の無駄のない動きに、とも子ちゃんも反応してくれている。アームは刻々と進み、とも子ちゃんの視野はできあがっていく。光は、美しい円を描いていく。

機材が発する微かな明かりを頼りに記載されたとも子ちゃんの視野を見て、頭の中が真っ白になった。人の視野がこんな形になるなんて信じられなかった。とも子ちゃんの視野は、一つの島の形ではなく、誰かが定規を使って描いたかのように、見事な螺旋《らせん》を描いた。

僕が小さく、「まさか」と呟くと、広瀬先輩は手を休めることもなく、

「そう、視野の島はなかったのよ」

と、答えた。

両眼の計測を終えたところで、とも子ちゃんを暗室から出し、先輩は用紙の記載を始めた。

点を繋《つな》いで線にすると、螺旋の形はさらに顕著《けんちょ》になった。目の中に蛇《へび》がとぐろを巻いているかのようだった。だがこの蛇は実際には存在していない。彼女の瞳の中の幻《まぼろし》だ。

「とも子ちゃん、心因性《しんいんせい》視覚障害だったのですね」

「そう」

と、広瀬先輩は記載を続けながら言った。

心因性視覚障害は「視力の低下を説明するに足る器質的病変を認めず、視力低下の要因として精神的心理的要因を考慮せざるを得ない症候群」のことだ。目の機能としてはなんの問題もないのに、精神的な問題で、視力低下が起こっている状態をいう。本人が嘘を吐いて見えないと言っているわけではなく、本人としては本当に見えなくなっているので、詐病《さびょう》ではない。正真正銘の病気だ。心因性視覚障害の特徴の一つとして、この螺旋状の視野がある。なぜ、精神的な問題で、こうした幾何学的な視野が現れるのかは、現在も分かっていない。

「心因性視覚障害だとGPの前から気付いていたんですね」

広瀬先輩は顔をあげて微笑むと、

「まあ、そういうことになるかな」と言った。

先輩は、鉛筆を青鉛筆に持ち替えてプロットを結んだ。用紙を完成させると、こちらに向きなおり座ったまま僕をじっと見ていた。僕の混乱が収まるのを待っているみたいでもあった。僕ではない誰かを見ているようでもあった。広瀬先輩は、少しだけ目を細めた。

「私も、初めて心因性視覚障害を見たときは、そんな顔をしていたんだろうな」

僕はなにも言わなかった。ただ答えを求めて、広瀬先輩を見つめていた。先輩は、諦めたかのように話し始めた。

「とも子ちゃんが検査室に入ってきたとき見てた？」

僕は記憶を手繰《たぐ》り、部屋に入ってきたときのことを思い出した。とも子ちゃんは狭い機材の間を通ってきた。僕は目を見開いた。

「そう、狭いところを苦もなく歩いて、野宮君のところまで来た。ひどく視力が低下している子のできることじゃない。視力検査の結果と、あの歩き方は合致《がっち》しない。そして、野宮君が持ってきたオートレフのまばらな数値。あのくらいの年齢の子供だと注意力がなくて、バラバラな数値が出ることもあるけれど、ああいう数字の出方でもう一つ疑った方がいいのが、この心因性視覚障害」

「じゃあ診察前、オートレフを測ったときに心因性視覚障害だって分かってしまうってことですか？」

「検査に慣れてくれれば、見当だけはつけられる。診断を下すのはあくまで先生だけれど、見当をつけて検査することで、より正確なデータを医師に渡すこともできる。螺旋状視野なんて予測して計測しないと、絶対に測れないからね」

僕が小手調べだと思っていた最初の瞬間に、広瀬先輩のような視能訓練士なら、病状を推測できてしまうのだ。先輩の言葉を借りれば、少なくとも『見当をつけて検査すること』はできる。

確かにそうだ。通常のGPの方法では、螺旋状視野を検出することはできない。螺旋状視野を、GPで計測し書きあげるためには、心因性視覚障害だと見当をつけて、視標そのものを動かさなければならない。広瀬先輩のアームの動きは、螺旋状視野を計測するためのものだったのだ。

「でも、検査のヒントになったことはまだある」

「なんですか」

「メガネとネームプレートだよ。ちゃんと患者さんを見ていたね」

と、先輩は少し嬉しそうに言った。僕はわけが分からず、渋《しぶ》い顔になった。広瀬先輩は小首をかしげて、

「まだピンときていないのかな」

と言った。それから小さく咳払《せきばら》いをして、「じゃあ、まあいいや」と言った後、説明を続けた。

「オートレフから、心因性視覚障害と見当をつけたら、視力検査でやっておいた方がいいことがもう一つある。それを今から見せてあげるよ。ついてきて」

そう言うと暗室を出て、視力検査をするための椅子がある場所までやってきた。僕がとも子ちゃんを呼びに行き、その椅子に座らせると、広瀬先輩は、

「もう一回だけ検査をしよ」と言った。

とも子ちゃんは広瀬先輩の明るい様子につられて頷いた。裸眼での視力を計測した後、検眼枠をかけて矯正視力を測った。結果は先ほどとあまり変わらなかった。広瀬先輩は、とも子

ちゃんの前にしゃがみ込んで、語りかけた。

「いま銀色の枠のレンズを入れたでしょ。見える？」

広瀬先輩はとも子ちゃんの左目の枠に入っていたレンズを一度右手で取り出して確認させた。その後素早くレンズを、メガネに戻した。

「このレンズでは見えにくいみたいだから、魔法のレンズを入れてあげるね。よく見ててね」

広瀬先輩は、右手を握《にぎ》ったまま二回振って、とも子ちゃんの目の前で、掌《てのひら》に隠していたレンズを二枚パッと広げた。手品のように手の中からレンズが現れ、とも子ちゃんは目を丸くして驚いていた。僕も驚いた。広瀬先輩は、本当に器用だ。

「この金色のレンズは、さっきよりもよく見える魔法のレンズ。これで検査をさせてね。いい？」

とも子ちゃんは目を輝かせて頷いた。カチッという音が鳴った後、先輩は視力検査を始めた。すると、さっきまでは、ほとんど出なかった矯正視力がグングンあがり、ついには1・0まで見えた。まさに魔法のレンズだ。検査終了後、広瀬先輩はとも子ちゃんに、

「すごく、よく見えたでしょ？」

と声を掛けた。とも子ちゃんも笑顔で頷いた。僕がきょとんとして見ていると、先輩はニヤニヤしながら近づいてきた。

「子供じゃないんだから、そんな不思議そうな顔しない。あれくらいの手品、誰だってできるよ」

「手品もすごいですけど、どうやって矯正視力出したんですか？　どれくらいの度数のレンズを入れたんですか」

「あれ。そっちか。気付いていなかったの。あれ、ゼロだよ」

「ゼロ？」

「そう。なにも入っていない状態にしたの。要は、とも子ちゃんの裸眼視力そのまま。マイナス5のレンズにプラス5のレンズを入れて打ち消したの。トリック法だよ」

傍から見ていた僕も特殊なレンズを入れたのだと信じてしまった。

「魔法のレンズのせいで見えると思い込ませたんですね」

「学校の授業、思い出した？　心因性視覚障害の子の視力を出すための検査方法。心因性視覚障害を持っている子は、見たいと望むものは、しっかりと見えていることが多い。逆もまたしかり。苦手な授業だと黒板の文字は見えないけど、読みたい漫画は読めるとかね。とも子ちゃんは、野宮君の名前を見たいと思ったからネームプレートが読めた。患者さんと、ちゃんとコミュニケーションを取っていると、思わぬヒントをもらえるときもある」

僕は何度も頷いた。本当に手品まで使ってトリック法を行うとは思わなかったけれど、とも子ちゃんは、魔法のレンズを信じたから視力が出たのだ。不可能を可能にしたという意味では、本当に魔法なのかもしれない。

「さて、じゃあ、北見先生の診断を聞きに行きましょう」

広瀬先輩は微笑むと検査の結果を渡した。僕は、コクリと頷き、北見先生のもとに向かった。僕は自分の胸が小さく高鳴っていることに気がついた。その記載された数字と図形の中に、本物の視能訓練士の技量を感じていた。

とも子ちゃんはお母さんと一緒に診察室に入り、北見先生の説明は始まった。お母さんは、濃い疲労の色を浮かべて、顔色も青白くなっていた。北見先生の次の言葉に信じられないというくらい驚いた。北見先生は、

「問題ないです」

と、言った。お母さんの目に熱がこもっていくのが分かった。それは怒りなのか困惑なのか安堵《あんど》なのか分からない。もしかするとその全部かもしれない。先生は、説明を続けた。

「目、そのものに器質的な問題はありません。心因性視覚障害という病気なのですが、大丈夫、ちゃんと治りますよ」

と、北見先生は二人に穏やかな声を掛けた。お母さんは、北見先生の方に身を乗り出して詰め寄った。

「何が原因でこんな状態になるのでしょうか。娘の目は見えにくいんですよ。問題ないってどういうことなのでしょうか」

北見先生は穏やかに首を振った。

「原因は分かりません。なぜこんなことが起こるのかというメカニズムも、はっきりとは分かっていません。ただ心因性視覚障害で失明する子はいません。気付くと自然と治っているこ

とがほとんどです。見えないと嘘を言っているわけでもありません。本人は本当に見えないと思っているのです。慌てず様子を見て、いつも通り接してあげてください。ふとしたことがきっかけで治ることがあります」

北見先生がそう言うと、お母さんは暗い表情で話し始めた。

「なにか私に問題があるのですか。私の仕事のことを訊ねられましたけど。私がとも子にストレスを与えているとか。とも子にとって良くないことをしてしまっていたのかもと……。私のせいで心因性視覚障害を患《わずら》ってしまったのでしょうか？　私が厳しくするのが原因なのでしょうか」

お母さんは声を詰まらせながら言った。言葉そのものが痛々しく自分を責めているようだった。北見先生は、お母さんを落ち着かせるように首を振った。

「そうではないと思いますよ」

北見先生はそう言うと、とも子ちゃんを見て、顔を近づけて、

「とも子ちゃん、先生のメガネどうかな」と、訊ねた。

とも子ちゃんは、じっと先生の丸いメガネを見て、首を横に振った。

「じゃあ、お母さんのメガネは？」

とも子ちゃんは目を輝かせた。質問そのものが、嬉しそうだった。

「どうしたのかな。先生に教えてくれるかな？」

とも子ちゃんは、お母さんの方をチラッと見た。それから大きな秘密を打ち明けるときのよ

うに、

「先生、あのね」

　と、北見先生の方へ近づき、小さな手で可愛い輪を作り耳打ちをしようとした。北見先生は、とも子ちゃんの方へ耳を近づけた。とも子ちゃんがなにかを呟くと、先生は、微笑んだ。

「なるほどね」と「やっぱりね」が混じった嬉しそうな顔だった。

　なにが起こっているのか、遠目で見ている僕らには分からなかった。お母さんも心配そうに二人を見た。とも子ちゃんと北見先生だけが微笑んでいる。北見先生は説明を始めた。

「お母さん、とも子ちゃんが教えてくれましたよ」

「どういうことですか」

「とも子ちゃんは、お母さんと同じようなお洒落なメガネが掛けたいそうです。仕事ができるお母さんのようになって、早くお母さんを助けてあげたいそうです。これが原因じゃないかな？　大丈夫。きっと良くなります。心配は無用。明るく接してあげてくださいね」

　と言った。それからとも子ちゃんの頭を撫でた。ポカンとしているお母さんに、北見先生はもう一度視線を合わせて、

「大丈夫」

　と、はっきりと言った。お母さんはハッとしたように、とも子ちゃんを見た。瞳はこれまで一番熱くなり、頬も耳たぶも真っ赤に染まっている。とも子ちゃんは照れくさそうで、それでいて、とても満足そうな顔をしていた。

お母さんと、とも子ちゃんの目が合ったとき、ついにお母さんの瞳から涙が零《こぼ》れた。「良かった」それは小さな言葉だったけれど、彼女の本当の声だった。強気を装って頑張りすぎている女性の声ではなくて、とも子ちゃんを想う優しい声だった。

お母さんは、ハンカチで涙を拭いた後、とも子ちゃんを撫で、深々と頭を下げた。僕は「大丈夫」という言葉の力を感じていた。診察室は、いつもより白く明るく見えた。

僕は広瀬先輩を見た。先輩もこちらを見て微笑んでくれた。こんな笑顔を見たのは、初めてかもしれない。

「良かったね。ホッとしたでしょ」

広瀬先輩は僕に訊ねた。本当にその通りだ。僕は北見先生の診断を聞いて嬉しくなった。

「メガネって、こういうことだったんですね」

「メガネを掛けたいから、視力が出なくなるっていうのは、この症例では、よくあることなんだよ。大人からするとなんでもないことのようだけれど、小さな子にとっては大切なことなんだろうね。頑張っているお母さんを助けてあげたいという気持ちと、大好きなお母さんと一緒がいいって想いが、心因性視覚障害を作り出した……のかもしれない。この病気は心の問題だから、原因ははっきりとはしないけどね。でも、メガネの話やネームプレートのことは、よくやったね」

「GPもできなかったですし、全然、実感がないですが」

「北見先生も参考にしたと思うよ。だからすぐにGPの指示を出した。野宮君の言葉が先生の判断を助けたんだよ。検査器具を正確に使えることも大事だけれど、私たちの仕事はそれだけじゃない。患者さんのことをちゃんと見て仕事してたってこと。それもすごく大事だよ」

僕は照れ隠しに、少し遠くにいるとも子ちゃんの方を見た。とも子ちゃんの瞳は輝いていた。瞳の内側にある光が眩しかった。

完璧《かんぺき》には程遠い。でもなにかが自分にもできたのではないかと、少しだけ思えた。

「不器用だけれど、患者さん想いで優しいっていうのは、野宮君のいいところだね。これからも頑張ってね」

と言って、検査室の奥に消えた。僕はその後ろ姿をじっと見つめていた。剛田さんの言うように、見とれちゃっているのかもしれない。

頑張ろうと素直に思った。

僕にもここで、できることがあるのかもしれない。


とも子ちゃんは結局、度数ゼロのメガネを作り様子を見ることになった。メガネの処方箋《しょほうせん》を書きあげて、待合室で待っていた二人に渡しにいくと、とも子ちゃんはお母さんに魔法のレンズの話をしていた。

「お待たせしました」

と声を掛けて処方箋を渡すと、お母さんが、

「先生、ありがとうございました」

と、頭を下げた。

「いえ。僕は医師じゃないんです。視能訓練士です」

そう言えた自分自身が、少し誇らしかった。

お母さんはきょとんとしていたけれど、僕がニコニコしていると微笑み返してくれた。それを見ていたとも子ちゃんも笑顔だ。二人の表情は、来たときよりも、明るいものに変わっていた。

自動扉の前で、とも子ちゃんは振り返って、「のみや」と言った。僕はとも子ちゃんを見た。お母さんが、「のみやさんでしょ?」と柔らかな声で注意した。「そう、のみやさん」と、とも子ちゃんは機嫌の良い声で訂正した。

「また来ていい?」

僕は笑った。近づいていって、目線を合わせ、頭を撫でた。

「良くなったところを見せにきてね。魔法のレンズ用意しておくよ」

とも子ちゃんはとても嬉しそうに、

「良くなるよ。大丈夫」と言った。

僕もきっとそうだと信じることができた。

「のみやさん、ありがとう」

そう言うと、とも子ちゃんの瞳は大きく開き、外界の光を受けて強く輝いた。

第2話

瞳の中の月

晴れた日の青い水平線が、緩《ゆる》いカーブを描く曲線に見えたとき、巨大な涙液《るいえき》の層が眼前に現れたかのような錯覚《さっかく》に陥る。そして、自分が巨大な瞼《まぶた》の縁に佇《たたず》んでいる小さな細菌になったような気持ちになる。

小さな生き物になって、瞳を眺めると、聞こえるのだろうか？　潮騒《しおさい》のように、角膜の上を流れる涙の音が、こんなにも心地良く。

僕は、巨大な海と空を眺めていた。晴れた日曜日だった。

さっきからずっしりと肩にかかる重みに耐え、梅雨《つゆ》の少し前の心地良い風に吹かれていた。

「野宮《のみや》さ〜ん！」

波の音にまぎれて僕を呼ぶ声が聞こえて、振り向くと、丘本《おかもと》さんが小走りでやってくる。病院での白衣姿しか見たことがないので、パンツルックの丘本さんは新鮮だ。

立ち止まると手を振って、こちらに来いと合図している。その向こうに見える玉置《たまき》さんは、一瞬だけ僕の方を見たが、すぐに視線を海に戻した。彼女の真っ白いワンピースが港の中で一番白いものに見える。ワンピースを着た長身の玉置さんを中心に防波堤《ぼうはてい》や船やカモメが配置されているようにも感じる。

僕はカメラを持っている丘本さんのもとに駆け寄った。走ったせいで、肩の荷物がさらに食い込む。彼女にこのカメラバッグを持っているようにと手渡されたときには、その重さに驚いたけれど、いまは驚きよりも苦痛を感じている。バッグの中のたくさんのレンズは、動くたびに小さな音を立てている。彼女の前にたどり着くと、バッグを肩にかけたまま差し出した。彼女は、バッグを開き、いま一眼レフにつけているものよりも大ぶりなレンズを取り出した。小柄な丘本さんが持つと一眼レフはさらに大きく見える。レンズを換えて背景のボケ感を狙《ねら》うのだという。ファインダーを一度覗いた後、カメラを下ろすと、

「さっきの遥香《はるか》ちゃんの態度は気にしないでね」

と言った。僕は、先ほどの車内での冷たい雰囲気を思い出した。

「いえ……、大丈夫ですよ。別のことをちょっと考えていただけです。撮影頑張ってくださいね」

と、笑顔で言うと、彼女は、

「ありがとう。じゃあ、行ってくるね。野宮さんは、そこらへんで待ってて」

と言って、波止場の端に佇んでいる玉置さんのもとに走っていった。気になっていたのは、玉置さんの態度ではなかった。僕が気になっていたのは、車の中で見た玉置さんの透明感のある整った顔立ちに不釣り合いな、充血した目とカラーコンタクトレンズだった。検査をしたわけではないから、勘でしかないのだが、あの充血は健康とは言いがたいはずだ。何事もなければ

ばいいけれど、と思わずにいられなかった。

丘本さんは、遠くから玉置さんに指示を出して撮影を再開した。玉置さんは、こちらを気にするふうもなく、ポーズを取り、丘本さんの撮影に協力している。

僕は、広瀬《ひろせ》先輩の新人研修を思い出していた。


いつもは残業が嫌いな広瀬先輩が、心因性視覚障害の女の子の診察後、

「野宮君のために勉強会を開くことにする。院長からも丘本さんと野宮君に新人研修をやってくれって頼まれたし。学校の講義とは違う実践的《じっせんてき》な内容を補習しましょう」

と、言った。広瀬先輩は嬉しそうに、丘本さんと僕に残業を命じた。慣れない仕事を一日中続けた後なのに、僕は勉強会が楽しみで仕方がなかった。先輩の知識や技術に触れることができる。

第一回目の勉強会は、コンタクトレンズについてだった。

「勘違いしている人が多いけれど、コンタクトレンズは、医療機器の中でも最もリスクの高い『高度管理医療機器』に属します。透析機器《とうせきき き》や、ペースメーカーとかと同じくらい人体に与える影響が大きい機器ってこと。この意味は分かる？　野宮君」

「意味ですか。えっと……、とんでもなく危ないってことですか」

「その通り。使用法を誤るととんでもなく危ないということ。国内の全人口の七人に一人近くがコンタクトレンズ使用者という現在でも、扱いが難しくリスキーな医療機器だという認識は

あまり広まっていない。では、野宮君、コンタクトレンズ使用に起因する眼障害《がんしょうがい》の患者さんの数は、どれくらいの割合だと思う?」

広瀬先輩の白い頰に載った二筋の髪が、顎を傾けたときに揺れた。僕は反射的に適当な数字を答えた。

「百人に一人くらいでしょうか」

広瀬先輩は待ってましたとばかりに首を振って、

「いいえ。なんと答えは、十人に一人よ」

なんでもないことのように言った。僕は驚いた。使用すると10%の確率で眼障害が生じてしまうということだ。そんな医療機器は確かにリスキーな道具だろう。広瀬先輩は説明を続けた。

「コンタクトレンズは、角膜の表面をレンズで覆《おお》うことによって使用する機器。目は涙液を通して酸素を補給しているので、角膜の上を流れている涙液の層をコンタクトレンズで覆ってしまえば、酸素が目に十分に供給されなくなり酸素不足に陥ってしまう。酸素不足になると、角膜は傷つきやすくなり、感染症にかかるリスクもあがる。昔は酸素透過率の低いコンタクトレンズが多くて、角膜酸素濃度が6~8%だった。これが実際どのくらいの酸素濃度かというと、エベレストの山頂にいるくらいの酸素濃度なの。身体に良さそうではないよね。エベレストの山頂で生活したいと思う人はあまりいないでしょう」

「そ、そうですね。酸欠状態で生活したくはないですね」

小さな水槽《すいそう》の中で、酸素不足で口をパクパクさせながらあえぐ赤い金魚の映像が浮かんだ。水面にはクシャクシャになったラップが置かれ、金魚はラップを口で押しあげながら息をしている。コンタクトレンズを載せられた目もそんな状態になるのだろうか。僕はラップをすぐにでも取り外したくなった。

「実際には、その状態で生活している人は多い。今のコンタクトレンズは、エベレストの山頂から、富士山《ふじさん》の山頂くらいの酸素濃度に変わったって言われているけれど、目を長時間酸素の不足した状態においておくことは、お勧めできない。最大の問題は、コンタクトレンズを扱うためのきちんとした知識が、浸透していないこと。目はとても繊細な器官で、一度壊れてしまうと回復しないことが多いからね」

「怖いですね」

「そう。実はとても怖い機器よ。では、それを踏まえた上で、コンタクトレンズの使い方の説明をするロールプレイングを二人でやってみて。あと、三十分くらいなら私もつき合えるから」

と、僕らに言い渡し、先輩は、ロールプレイングを監督した。

そして、三十分経《た》つと、「今日はこれでおしまい」と飛ぶように帰っていった。丘本さんと僕のロールプレイングは、たどたどしかったが、先輩は僕らを置き去りにして帰っていった。それは、先輩らしいクールな引き際で、僕らは呆然《ぼうぜん》としてその姿を眺めていた。

僕と丘本さんは、ポツンと二人で検査室に取り残され、顔を見合わせた後、勉強会用に動かした椅子を二人で片づけ始めた。パイプ椅子を、軽々と三つ抱《かか》えると、丘本さんが「すごい」

と背後で声をあげた。

「実は力持ちですか。荷物持ちとか平気な人ですか」

「え、荷物持ちですか？　なにかご用があれば」

と反射的に言った後に、丘本さんがいったいなんのことを言っているのかと訝《いぶか》しんだ。

「では、今度の日曜の朝からお願いします」

と、ペコリと頭を下げられた。僕もなんとなく会釈《えしゃく》してしまった。そして僕は海に行くことになった。丘本さんがなんのために僕に約束を取りつけたのかも分からずに。


日曜日の朝、丘本さんは、赤いハスラーで僕の住むアパートまで迎えに来た。

車に乗り込むと、病院にいるときよりも、打ち解けた微笑みを向けてくれた。力強い二本の腕を無料で手に入れることができた喜びだったのだろう。

走り始めると、趣味の写真撮影の機材を運ぶ助手が、どうしても欲しかったのだと教えてくれた。去年くらいから友人と撮影することに凝《こ》っており、給料のそこそこの部分をレンズや機材の購入に費《つい》やしてきたそうだ。

「どうして、そんなに写真撮影にこだわっているのですか？」

運転をしている丘本さんの横顔に話しかけた。六月の朝の光が、丘本さんの頰に次々に掛かって通り過ぎていた。

「眼科に勤めているというのが理由だと思います」

僕は困惑した。眼科と写真撮影とどんな関係があるんだ？

「眼科に？」

と、訝しみながら聞き返すと、予想していた反応に頷くように微笑んだ。

「毎日、『見ること』に関わっていると、なにかが見えるってすごいことだなあって気がついて、そしたら自分が見ている世界を残しておきたいなあって。最初は携帯のカメラとかで満足していたんですけど、そのうち一眼レフに手を出して。ファインダーを覗いたら、すごくなにかを『見てる！』って気持ちになったんです。それからは、ただただ機材が増えるようになりました。ほとんどが中古なのですけど。野宮さんはそんなふうに感じることってないですか」

僕は自分の仕事について振り返ってみた。思い浮かんだのは、瞳だった。

「検査機器を見ているときにそう思うかも知れません。『見える』って現象をチェックするだけで、こんなにもたくさんの機械が必要なんだ、こんなにも『見える』ってことは、曖昧で、複雑で、難しくて、奇跡みたいなことなんだって思うと、『見える』っていう当たり前の一瞬に感動してしまうときがあります。だから丘本さんの言うこと分かります。カメラにハマるまでは、僕はいかなかったですけど」

「なんていうか……」と、丘本さんは言った後、数秒運転に集中した。住宅街の人の多い交差点を渡りきった後、彼女はもう一度話し始めた。

「野宮さんなら、分かってもらえるんじゃないかなって気がしたんです」

その直後に彼女は、車を停車させた。

到着したのは僕の家と同じようなアパートだった。しばらくして建物の玄関から出てきたのは、真っ白なワンピースを着た長身で細身でショートヘアの女性だった。助手席に乗っている僕を一度だけ興味なさそうに確認すると、後部座席のドアを開けて乗り込んできた。それから眠そうに目をこすったけれど、一言も話さなかった。化粧は濃い。僕には馴染みがないが、ファッション雑誌のモデルのようだった。特に目の周囲は念入りに飾られていて、違和感すら覚えた。僕は彼女の様子がとても気になったが、振り返って確認するのも躊躇《ためら》われて、じっと前を向いて不自然なほど黙っていた。

丘本さんが場を取り繕《つくろ》うように、

「えっと、こちらは野宮さん。同僚の視能訓練士さんで、今日は撮影のアシスタントをやってもらいます。それで、こっちが……」

「玉置です。よろしくお願いします」

と、低めの声で言った。僕はそこでようやく振り返り、会釈をして「野宮です」と言いながら彼女を観察した。目が充血している、と思った。その後、鋭い瞳と長い鼻筋が印象的な女性だと気付いた。化粧が濃いせいで、顔の造形は正確には分からない。ほとんど表情を変えないせいで、どんな人柄なのかも推し量ることができない。ただ、表情のどこかに違和感を感じていた。

彼女も車に乗り込んでから不自然なほど会話しない。僕を警戒しているのだろうか。

「遥香ちゃん、じゃあ今日もよろしくね」

と言って、丘本さんは、車を出発させた。それからたっぷり十分間、車内は沈黙に包まれて、僕は三人を乗せた軽自動車のエンジンの唸《うな》りを聞いていた。まるでそれは、ここにいる誰かの不機嫌《ふきげん》さのようだった。僕は、沈黙に耐えかねて口を開いた。

「丘本さんと玉置さんは、よく一緒に写真を撮られるのですか?」

僕の質問を聞いて、「あっ、うん……」と口を開きかけた丘本さんの言葉を制して、玉置さんは、

「私は撮りません」

と、冷たい口調で言った。僕はびっくりして、思わず振り向いた。玉置さんはこちらを見ていた。どうやら冗談を言っているわけではないようだ。目が合っただけでこちらも凍りついてしまいそうになるくらい冷たい表情だった。「私に話しかけるな」そんな言葉がきつく結ばれた唇から聞こえてきそうだった。

「あのね、遥香ちゃんは、モデルさんなの。だから、撮影はしないって意味です」

「ああ、なるほど」

と、頷いてみたけれど、うまくやっていけなそうな空気を感じて、そこから先は僕も黙り込むことにした。バックミラー越しに一度だけ、目があったとき、玉置さんの瞳のなにに違和感を覚えていたのか分かった。彼女の目は真っ赤に充血していた。だが、それだけではない。彼女の瞳には、カラーコンタクトが入れられていた。明るい場所でも大きく開いている瞳孔に違和感を覚えたのだ。その瞳からはやはり温《ぬく》もりが感じられない。

港の近くの駐車場に着くと、車を降りて撮影を始めた。

僕は頼まれたリュックとバッグを肩に担いで、丘本さんの後をついていった。彼女が簡単な指示を出すと、玉置さんはゆっくりと歩いたり、時々、丘本さんの方を見て立ち止まったりし始めた。丘本さんはシャッターを切った。二人の撮影の手順は確立しているようだった。

撮影が始まってしばらく経つと、玉置さんの表情に少しずつ笑みが交じり、丘本さんとの会話も増えてきた。玉置さんは、シャッターを切られる度に、高揚《こうよう》し、大胆になっていった。表情も大きくなり、動きも早くなり、視線にも熱がこもってきた。車の中で見た氷のような表情とはまるで違う生きた顔だった。一枚の画として残されることを心から望んでいるという空気が、表情から伝わってきた。

何度かレンズ交換をした後、一通り撮影が終わった。休憩に入ると、丘本さんに、

「撮影はうまくいっていますか」

と訊ねた。彼女は大きな笑顔で頷いて、一眼レフのディスプレイで、先ほど撮った写真を見せてくれた。確かにどれもいい写真だった。玉置さんは、実物以上に美しく、魅力的な女性に見える。「良い表情ですね」と、僕が言うと、少しだけ寂《さび》しそうに笑った。

「遥香ちゃんの本当の表情が、もう少しで見える気がするんです」

「本当の表情？」

「遥香ちゃんは、精神的に不安定になっちゃってたことがあるんです。一時期は危《あや》ういなって

思うときもあって、ご家族も心配されていました。でも、彼女が相談できるのは幼馴染みの私だけで、ご家族から託されちゃったような形で……」

彼女は躊躇いながら話をしていた。僕は彼女の話を遮《さえぎ》らないように耳を澄ませていた。

「それで、そんな最悪のとき、一緒にドライブに行って、記念写真を撮ったんです。そのときファインダー越しに『遥香ちゃん、いまだけ、一瞬だけでいいから笑って』と声をかけたら、そのときだけは、笑ってくれたんです。演技だったとは思うんですけど。でもその写真が奇跡的なくらい上手く撮れていて、『もっと遥香ちゃんを撮りたい』って言うと、昔のような笑顔に戻ってくれたんですよ。それから、写真を撮る度に少しずつ元気になるみたいに見えました。最初は、元気づけるために、彼女の笑顔を取り戻すために、写真を撮っていたんですけど、今では写真自体に手応《てごた》えを感じてるんです」

僕は黙ったまま、彼女の話に頷いた。

「二人で、いろんなポーズとか、メイクとか研究していまがあるんです。最近は、私よりも遥香ちゃんの方が撮影に熱心で、会う度に雰囲気が変わっていくから、やりすぎかなって思うときもあるけれど」

そう言いながら、彼女は声を落とした。玉置さんの過剰なほど作られた雰囲気に、抵抗を感じているのかも知れない。僕は話題を変えるために、

「なにか賞に応募したりはしたのですか」

と、訊ねた。丘本さんは、視線をあげて嬉しそうに、

「それが実は、この前、ちょっとした街のフォトコンテストに、遥香ちゃんのポートレイトを応募したんですよ。そしたらなんと入賞しました。二人で快挙だねって。遥香ちゃんの写真をSNSにもアップしているんですけど、そこそこフォロワーがいるんですよ。遥香ちゃんはその反響が励《はげ》みになるみたいです」

と、教えてくれた。

二人で話していると玉置さんが近づいてきた。僕は声を掛けるのを控《ひか》えて、会釈したけれど、無視されてしまった。玉置さんは丘本さんだけ見ていた。

「真衣《まい》ちゃん、写真見せてくれる？」

と、丘本さんに向かって柔らかく言った。丘本さんは「あっ、うん！」と、大きな笑顔で、一眼レフのディスプレイに手をかざして二人で覗き込んでいる。

当然、僕の方からは角度的に見えない。

丘本さんがカメラを操作して、「これなんか、どう？」と嬉しそうに見せると、「ああ、すごく良いね」と、僕と話すときとはまるで違う、打ち解けた声で応じている。

ディスプレイを眺めながら、玉置さんは、目の縁を時々こすっている。瞳には、グレーがかった色のカラーコンタクトが入れられていた。瞳に映った光は大きく、ほんのわずか歪《いびつ》に輝いていた。僕は、カラコンが気になって、何度も彼女の瞳を盗み見ていた。人の目を覗き見ていると良いことはないぞ、と自分に言いきかせながらも、先日の広瀬先輩の勉強会の内容とも相まって、気になった。玉置さんと視線がぶつかり、僕がわざとらしく視線を逸らすと、冷た

い口調で、

「なにか？」

と、僕に訊ねた。こっち見るな、という威嚇《いかく》であることは疑いようがなかった。丘本さんに助けを求めても、彼女は目を見開くばかりで、玉置さんの追及から救ってはくれなかった。ゴクリと唾を飲み込んだ後、「すみません」と、断りながらも、

「カラコンが気になってしまって」

と、白状した。別に玉置さんに興味があって見ているわけではないと、言い訳しているつもりだったけれど、機嫌はさらに悪くなってしまったようだ。

「それがなにか」

と、さっきよりもずっと低い声で問《と》い質《ただ》された。

「そのカラコンって珍しい色だなあって思って」

そう言うと、少しだけこちらに視線を留めた。

「ネットで売ってるんですよ。誰でも買えます。そんなに珍しいですか」

僕はそれを聞いて、反射的に質問をしてしまった。言わなければ良かったのに、と、口を開いた瞬間に気付くような苦い感覚だった。

「それ買うとき、眼科で検診とか受けていますか」

玉置さんは今日一番冷たい声音で「別に」と言った後、

「それが野宮さんに関係あるんですか」

と訊ねた。僕は、なるべく穏やかに、

「僕個人に直接関係はないのですが、目の勉強をしているから、気になってしまって。コンタクトレンズは使い方に注意しないと危険だから。使い続けていくのなら、眼科の検診を受けることをお勧めします。玉置さんが思っている以上にリスキーな医療機器なんです。必要ないなら着けない方が目の健康には良いくらいです」

また沈黙があり、冷たい空気がやってきた後、ため息が聞こえた。

「私が思う以上にってどういうことですか」

口調には明らかに怒りが感じられた。

「いえ、その、あの……、医療従事者以外が考えるよりも、という意味です」

僕がそう答えると、彼女は怒りに満ちた声で、

「馬鹿にしてるの？」

と、言った。僕は視線を落とした。沈黙が流れ、玉置さんの視線が僕に刺さっているのが分かった。玉置さんの呼気のはっきりと聞こえるため息が響いた。

「私だって、気をつけて使っています。真衣ちゃんにも時々注意されるし。この前の撮影のときだって、散々言われました。眼科に勤めているからって、野宮さんにうるさく言われる筋合いはないと思います」

「そうですか。それなら良いのですが……」

と、僕が視線をあげると、玉置さんの瞳が熱くなっているのが分かった。「お前を絶対に許

さない」と、視線に怒鳴《どな》りつけられているかのようだった。こんなにも痛々しい瞳を見たことはなかった。こんなにも誰かを怒らせたことも、これまで一度もなかった。

僕が動揺して、黙っていると、

「私の瞳に、まだ文句があるんですか」

と、刺さるような声で彼女は言った。僕はなに一つ言葉を返せずに首を振った。顔をあげて、いつもの癖で彼女の瞳をじっと見つめた。彼女は僕をまっすぐに睨んでいた。グレーの瞳がこちらを睨んでいた。

それがしばらく続いた後、ふいに、玉置さんの瞼がびくりと痙攣《けいれん》して、次の瞬間、眉を寄せたかと思うと、

「痛っ」

と、瞼をきつく閉じて、目を押さえた。それで、僕らの間にあった硬直は一瞬で溶けた。

「大丈夫ですか」

僕は、反射的に、声をかけた。その言葉自体に、玉置さんは驚いているようだった。瞳は、さっきよりも充血していた。彼女は黙って、じっと僕を見つめていた。僕の憤《いきどお》りは、そのときには完全に吹き飛んでいた。その代わりに現れたのは、彼女への心配と、瞳にいまなにが起こっているのかという疑問だった。その二つだけが、純粋に僕の中にあった。その瞬間に、僕は医療従事者だった。

僕は落ち着いた声で言った。

「僕の態度が、気に入らないのは理解できます。プライベートな時間まで、小難しいことを言って正しさを押しつけてくる言葉が煩《わずら》わしいのも分かります。でも、僕の迷惑な態度を少しだけ呑《の》み込《こ》んでもらえませんか」

玉置さんは、何度も瞬《まばた》きしながらも、僕を見定めていた。彼女の目は細くなり、微動が止まった。

「コンタクトを使わずに、撮影をするというわけにはいかないのですか」

そう訊ねると、

「カラコンを使わない私は私じゃないんです。私はなりたい私になりたいんです」

と声をあげた。

「でも今だって、眼痛《がんつう》がするほど目が傷んでいるのではないですか。はっきりとしたことは言えませんが、検査をすれば間違いなく問題が明らかになると思います」

「お化粧をすれば肌が傷むのを知っていても、やめないじゃないですか。私の場合、それが目であるだけ。あなた、本当にうざい」

彼女の怒気をむき出しにした表情に、言葉を失《な》くしていた。最初から、僕が口を挟む余地はなかったのかも知れない。けれども、医療従事者として、どうしても見過ごせないものがあったのも確かだ。僕と玉置さんが膠着《こうちゃく》状態に陥ったとき、丘本さんはついに口を開いた。

「遥香ちゃん、もう撮影はやめよう。野宮さんの言う通りだ」

そう言いながら、彼女は両手に持っていたカメラを手放した。ストラップに重みが掛かり、彼女の胸でカメラが揺れていた。

「ちょっと待って、その人の言うことなんて気にしないで。私は真衣ちゃんに撮ってほしい。そんな人に文句を言われただけで、どうして私たちが一生懸命頑張ってきたことをやめなくちゃならないの？　私の目のことは私が納得してるんだから問題ないでしょ」

丘本さんは、首を振った。

「それが大きな問題なんだよ。ごめんね。私は、遥香ちゃんを撮ることが、遥香ちゃんを助けることだってずっと勘違いしてた」

彼女はそう言って、波止場から車の方へ歩き出した。こちらを向かないまま、

「今日の撮影は終わりです。帰りましょう」

と、僕らに言った。玉置さんはすぐに丘本さんの後を追いかけた。玉置さんは、またそこで叫んだ。

「じゃあ、私の目に問題がなかったら、撮影してくれるの？」

それは、怒りにも懇願《こんがん》にも似た悲痛な声だった。丘本さんは振り返った。彼女は、涙を流していた。

「検診に来てくれるの？」

と、震える声で訊ねた。

「この人のためじゃない、私と真衣ちゃんのために検診に行くよ。そしてまた二人で写真を撮ろう。なんにも問題がないって証明されたら、この人の言うことなんか意味なくなるんだか

ら。それでいいんでしょ」

と、玉置さんは、丘本さんと僕を交互に見て確認を取った。僕は、胸の痛みを感じながら、彼女の声を聞き頷いた。丘本さんは、本当に哀《かな》しそうに、

「ありがとう」

と、言った。


「野宮君、日焼けしたね」

と、朝礼前、笑顔で広瀬先輩が声を掛けてきた。その後、同じことを業務開始直後に看護師の剛田《ごうだ》さんに言われて、それから、最初の診察が始まる前に検査のセッティングをしているとき北見《きたみ》先生にも言われた。

「海に行きましたから」

と、広瀬先輩に伝えると、お昼までには全員に海に行ったことが伝わっていた。おまけに、デートで海に行って日焼けしてきた、という設定までつけ足されていた。つけ足したのは、たぶん剛田さんだろう。お昼休みに、剛田さんから、「ノミー、いったいどんな子とデートに行ったの？」

と、訊ねられた。剛田さんが僕につけたあだ名の『ノミー』は、最近ちょっとずつ定着しつつある。とはいっても、剛田さんしか『ノミー』と言わないので、僕の中で定着しつつあるという意味だけれど。

「デートじゃないです。知り合いと海に行っただけです。三人で行きました」

「他二人は女の子？」

反射的に頷くと、

「カマ掛けてみただけだったのに……ノミー、やるね〜」

と剛田さんはニヤリと笑って、親指を立てた。なぜだか、それも午後のうちに院内全員に伝わってしまった。

僕は丘本さんの方へ視線を向けた。

あの後、僕らは無言のまま車に乗り込んで、無言のまま別れた。一日が全部、真っ黒に塗り潰されてしまったかのような暗い気持ちだった。次の日、病院にやってくると丘本さんは何事もなかったかのように、職場にいる同僚の一人に戻っていた。

丘本さんをぼんやりと眺めながら、検査でミスをしないように注意して過ごさないと、と思っていた矢先、困難は向こうからやってきた。

困難、というよりも僕には扱いの思いつかない患者さんがやってきた。幼児だ。三歳になりかけの男の子がお母さんと一緒に入ってきたのだ。男の子は目をパチパチとさせてあたりを見回し、一度検査室に入ってきたけれど、半開きになったドアからすぐに出ていった。その後で、お母さんに押されてふたたび検査室に怖々《こわごわ》と入ってきた。彼にとっては未知の世界が、そこにあったのだろう。

男の子の名前は、杉村翔太《すぎむらしょうた》君。切れ長の凜々《りり》しい雰囲気の目をしているが、検査室を早く

も怖がっている。すぐに、

「ああこれはノンコンタクトトノメーターでの眼圧測定は無理そうだ」

と思った。目に風を当てようものなら、その瞬間に泣き出してしまうだろう。症状を聞くと、涙が多く、目をこすってしまうらしい。

丘本さんが補助についてくれて、「どうしますか?」というような顔でこちらを窺ったけれど、僕もどうするべきか分からない。自覚的な応答を引き出すような検査ができるかできないか、ギリギリの年齢だ。

僕は、丘本さんから向けられた視線を、検査室の端っこにいる広瀬先輩にそのまま向けた。先輩は、青田に佇む白鷺《しらさぎ》のように細長い体躯《たいく》をスッと伸ばして、背伸びをした後、腕を伸ばしてストレッチしていた。

僕は仕方なく、広瀬先輩の方に近づいていき、状況を説明した。

広瀬先輩は、「ああ、ごめんごめん」とおどけた調子で答えた。眠そうだった瞳が見開かれて、肉食獣のように瞳孔が拡大した。それが簡単に確認できるほど、目も瞳も大きい。この人にはカラコンは不要だなと思った。先輩は僕を少し避《よ》けて、肩越しに翔太君を確認した。

それから、「ああ、あれだ、あれです」と、手で二刀流の剣士のような動きをした。左手を前に出して軽く握った拳《こぶし》を突き出し、右手は顔の近くを防御するように身体に引き寄せ、構えた。左手をあげ下げして、シュッシュと動かしている。なにをしているんだ? と眉をひそめると、「あの普段使わない、言葉が出てこない」となんとか思い出して、答えを口にしようと

した。その瞬間、僕も答えを思いつき、口を揃《そろ》えて、

「検影法《けんえいほう》」

と、言った。二人で同じ単語を口にした後、微笑んだ。

「野宮君、検影法は得意？」と訊ねられた。僕は「やります」と即答して、敬礼してみせた。

「自信たっぷりだね。じゃあ、期待してる。横で見てた方がいいなら見るけど。今は手が空いてるし」

「いえ、大丈夫です。ありがとうございます」

そう伝えると、先輩は、意外そうな顔をしてこちらを見たけれど、一度だけ頷くと「頑張れ、新人」と僕を送り出してくれた。

僕は、腕まくりをして翔太君のもとに戻った。視能訓練士の優雅にしてクラシカルな技法のお披露目《ひろめ》というわけだ。

検影法というのは、オートレフの代わりに、手にした光と複数のレンズによって目視で屈折度を測る検査方法のことだ。オートレフラクトメーターが登場する以前は、主流の検査方法だった。

検影法の利点は、寝たきりの高齢者やオートレフの顎台《あごだい》に顎を載せられないような小さな子でも屈折度を測ることができるということ。また人間が検査を行うので、人間の反応のブレによる機械的な誤差は起こらない。

検影法の検査用具である『板つきレンズ』と検影器を取り出し、翔太君とお母さんを半暗室

になっている検査室の隅に案内した。

この検影法は、数ある視能訓練士の検査の中でも、僕が唯一まともにできるものだった。先ほどの広瀬先輩に向かってした敬礼には意味があった。学生時代に行ったたくさんの実習の中でこれだけに手応えを感じていた。けれども実際に現場に出て仕事を始めると、オートレフというとっても便利な機械があり、技能を発揮するチャンスはなかなか巡ってこなかった。今こそ僕のわずかなできるところを見せつけるときだ。

僕は検影器を作動させた。検影器は細長い光の出るハンディライトだ。その光を、木製の定規のような板に一列に並べられてついているレンズを通して、瞳に当てる。すると、レンズの度数によって、瞳に当てられた光の動きが変化する。左から右に光を動かしたとき、瞳の中で光も同じく左から右に動いてくれる場合もあるし、逆に動く場合もある。また動きが確認できないくらい瞳の中で光が大きく映るときもある。

ライトを動かした向きと同じ方向に光が動くのが『同行』、反対に動くのが『逆行』、光の動きが観測できないほど光が瞳孔の全体を覆ってしまうのが『中和』状態だ。この中和状態になるまで検査を続けていく。

翔太君に椅子に座ってもらって、僕は半暗室の中を見渡した。適当な視標がないかと思ったけれど見当たらない。僕はお母さんに、翔太君が大好きだという怪獣のぬいぐるみを借りて視標にした。それは真っ赤なフワフワの丸い怪獣のぬいぐるみで、見るからに手触りが良さそうだった。翔太君の視線はそちらに向かって動いた。

僕は、「翔太君、あの怪獣を見ていてね」と呼びかけた。彼はコクリと頷いて、言われた通りに怪獣を見る。僕はその瞬間に、翔太君の目に光を当てた。彼の目は小さい。つまり、的が小さいということだ。僕は光を動かし、板つきレンズを動かしながら、学生時代これの練習をしていたときの感覚を思い出していた。

半暗室で行われるこの作業を、僕は天体観測のようなイメージで捉《とら》えていた。天体と言っても観測するのは、猛スピードで満ち欠けを繰《く》り返《かえ》す月だ。右手に光源を持ち、真夜中の肉食獣の瞳のように光る瞳孔に対して、次々にレンズを換えていくと、瞳の中にある月の満ち欠けが、変化していく。検影法は、月の満ち欠けを、上弦、下弦と観察しながら、満月を探す密かな時間のようだ。瞳の中が満月になるのは何日の頃か？　その何日というのが、この場合、屈折度の値だ。

翔太君の瞳に光を当てた。幼児など子供の検査は、基本的に時間との戦いだ。

大人なら指示すれば長時間の検査につき合ってもらえるが、子供の集中力はあっという間になくなってしまう。翔太君が怪獣を見つめて、焦点を変化させないでいてくれる時間は、どんなに長くてもせいぜい二分というところだろう。こちらの操作が一瞬でも手間どれば、検査は失敗する。

翔太君から正確に五十センチの距離を取り、検査を始めた。右の瞳は左から右へ光を動かすと同じように一瞬光った。三日月のような細い光が微かに動く感じだろうか。同行。当てずっぽうで、少し度数が上のレンズを目にかざしてみると、そこで中和した。ここが満月だ、と、思った。駄目押しで、一段下げてみたけれど、ひとつ前で正解だった。

そのまま左目。右目の度数が分かっていたので、近い値から探し始めると、ほぼ同じ度数だった。屈折度に異常はなかった。検査は、二分ほどで終わった。

結果を広瀬先輩に伝えに行くと、ギョッとしたような目でこちらを見た。

「もう、終わったの。本当に？」

と、訊ねられた。僕は頷いた。

「野宮君、やるじゃん、検影法なんて普段なかなかやらないからできないかと思ったよ。今時、これがきちんとできる若い視能訓練士なんて珍しいね」

と、先輩は嬉しそうに言って、僕の肩を叩いた。僕は照れ笑いして、もう一度軽く敬礼してみせた。すると、先輩も笑った。

「なかなか使わないかも知れないけど、検影法はまだまだ現役で使える検査方法だからね。磨《みが》いておいて損はないと思うよ。検影法は苦手だから、野宮君を頼れるところができたかな」

と朗らかに言われた。

診察の結果、翔太君は、眼瞼内反症《がんけんないはんしょう》、いわゆる『さかまつげ』だったようで、点眼で様子を見ることになった。手を引かれなくてもお母さんの後を健気《けなげ》について歩いていく翔太君はとても可愛かった。

どんな患者さんが来てもそうなのだけれど、とりわけ小さな子が、大きな問題を抱えずに元気に帰っていく姿を見ていると、幸せな気持ちになる。誰かに元気でいてほしいと願うこと自体が、健《すこ》やかで清らかなことだと感じる。

翔太君とお母さんの後ろ姿を見送り、視力検査用のレンズの並んだ台の横に佇んでいると、突然、女性の大きな声が響いて、その後、翔太君と思われる子供の泣き声が聞こえてきた。

待合室を覗いてみると、翔太君のお母さんに平謝りしている玉置さんがいた。

「すみません。私、イライラしていて、お子さんだとは気付かず……、本当にすみません」

と、腰を低くして頭を下げ続けている。翔太君のお母さんは頷くだけでなにも言わず、怯《おび》えた翔太君を抱っこして、待合室から離れていってしまった。僕は慌てて、玉置さんに近づいた。

「どうしたんですか」

と、彼女に近づいて声を掛けた。玉置さんは僕を確認するとまずいところを見られたというような、なんともいえない表情をして、

「目が痛いので椅子に座って、目を閉じていたら誰かがぶつかってきて、思わず声を荒らげてしまったんです」

玉置さんはがっくりと肩を落とした。たぶん、眼痛や頭痛からくるイライラと昨日の出来事のストレスが重なってしまったのだろう。いたたまれない気持ちになったけれど、彼女の気持ちに寄り添う言葉をかける気にはなれなかった。彼女の瞳に、今日もカラーコンタクトが着けられていたからだ。僕は、「それでは、後程《のちほど》」と声をかけて検査室に戻った。

「来てくれたんだね」

と、検査室に入ってきた丘本さんが言った。すると、玉置さんは、

「うん、一応ね」

と暗い声で、要領を得ない返事をした。翔太君とのことが気になっているのだろうか。ずっとうつむいている。化粧は昨日と同じくらい濃い。

彼女は、なかなか視線をあげない。問診票には、「カラコンのための検診」と丸い文字で書いてある。だがそれ以上のことが起こっているような気がしてならなかった。

僕と丘本さんは、顔を見合わせた。

とりあえず検査を始めようと、オートレフに案内して座ってもらうとき、玉置さんが前髪を横に撫でつけた。僕は、そこでなんとも言えない憤りを感じたが、それを呑み込んで、

「カラーコンタクトを使用されていると検査ができませんので、外してもらえますか」

と事務的に声を掛けた。玉置さんは、請《こ》うような目を一度こちらに向けてから、

「分かりました」

と小さな声で言って、カラコンを外すことに同意した。

カラコンを外した玉置さんの雰囲気は着けていないときよりも、さらに鋭く見えた。大きな瞳が与えていた柔らかな印象が一つ消えるだけで、顔全体のバランスまで変わってしまう。カラコンに固執する理由が、少しだけ理解できるような気もした。玉置さんは目をこすってオートレフの顎台に顎を載せた。僕は立ったままオートレフを起動させて、あまり大きくはない玉

置さんの瞳に照準を合わせた。機械の駆動音とピッという電子音が鳴った後、測定は終わった。顎台から顔を外したときに目が合った。本来の大きさの玉置さんの瞳が、こちらを冷たく眺めているように感じた。充血した目がこちらを見ていた。その視線が妙に印象に残る。その後、視力検査を行い、「次はこちらにお願いします」と眼圧計を指しながら声を掛けると、か細い声で、彼女は「はい」と言った。その声を聞いたとき、玉置さんが冷ややかにこちらを見ているのではなく、不安なのだということが分かった。普段、病院に来ない人がなにか問題を抱えているときに感じる思いは、声や視線の中に表れると分かるくらいには、仕事に慣れてきていた。

眼圧計を起動させて、画面の焦点が合ったところで、ボタンを押すとプシュッと向こう側に空気が射出された。その瞬間、玉置さんは「いっ」と声をあげた。痛みを感じるということは、そこになにかがあるということだ。僕は唾を飲み込んだ。眼圧計から身体を離したタイミングで、

「検診ということですが、最近、なにか目について気になることなどありますか?」

と、努《つと》めて医療従事者然とした雰囲気で聞いた。冷静に問うことで、冷静な答えを期待していた。玉置さんは、

「なにもないです」

と、目をきつく閉じながら言った。明らかに眼痛を感じている表情だった。僕は、

「そうですか。分かりました」

と答えて、玉置さんに微笑みかけた。彼女は僕の表情には同調せずうつむいた。僕は、オートレフの値を眺めながら、玉置さんの目になにかが起こっていると、はっきり疑い始めていた。さっき計測したときも思ったけれど、この結果はなんだかちょっと怪しい。杞憂《きゆう》であればいいと願いながらも、追加の検査を思いきって北見先生に提案してみた。すると、先生は、

「必要だと思ったのなら、やってみなさい」

と、許可をくれた。オートレフは機械で自動的に測定するという性質上、ちょっとしたことで誤差が生まれやすい。せっかくなら検影法である程度、正確な値を出してしまった方がいいのではないかと思ったのだ。

僕が暗室に向かっていると、丘本さんと、広瀬先輩がついてきた。跡をつけられた犬みたいな目で、小刻みに二人を確認すると、広瀬先輩が、

「野宮君の検影法にちょっと興味が出てね。私も勉強させてもらおうかな」

と、笑顔で言った。

半暗室に座ってもらった玉置さんの影は、細く頼りないものに見えた。真っ白いカーディガンが薄暗闇《うすくらやみ》の中にたゆたうように浮かんでいる。茶色い髪はうまく闇に溶け込んではいなかった。

「いまから目に光を当てます。ちょっと遠くを見ていてくださいね」

玉置さんの瞳の中の月は、どんな方向に満ち欠けするのだろうか。

瞳に光を当てた。闇の中、玉置さんの瞳がオレンジ色に光る。そして、光った瞬間、僕は光

を見失ってしまった。思わず、ビクッと肩を強張《こわば》らせた。検影器を落としてしまったのかと思った。だが、検影器の重みはまだ手の中にある。ライトを手の甲に当てて、光の束《たば》の大きさを調節した。光量を間違えてしまったのかもしれない。僕は丁寧に、光量と光の束の形を設定し、もう一度、玉置さんの瞳に当てた。的は小さい。今度こそ、正確に瞳に向かって……。

僕は、玉置さんの瞳に左から右に向かってゆっくりと光を動かした。手の動きも、きちんと意識していた。けれども、玉置さんの瞳の中に現れた光の動きは、上弦の月でも、下弦の月でもなく、まるで、UFOみたいに瞳の周りを不規則にくるりと回った。僕は、自分の心臓の音が、少しずつうるさくなっていくのを感じていた。

なにが起こっているのか、さっぱり分からない。僕の手は震えていた。それを悟られないように、もう一度、玉置さんの瞳を照らした。玉置さんは眩しそうに目を細めた。僕は、

「すみません、あとちょっとだけ。まっすぐ前を見ていてくださいね」

と、彼女を宥《なだ》めながら検査を続けた。両眼とも光を当ててみたけれど、同じように、目の中の光は不規則な動きをした。通常の屈折ではない。なにかしらの異常があるということだ。

不安に駆られながらも、僕は検査を終えた。板つきレンズを使うこともなく、目の中に光を当てただけだった。傍に立っていた広瀬先輩を見ると、頷いていた。ここで終わりにしろということだ。玉置さんを外に誘導して、半暗室を明るくした。検影器のスイッチをオフにしてから、玉置さんには聞こえないように、さっきの光の動きについて訊ねた。

「私にも分からない」

と、広瀬先輩はあっさり言った。

「先輩にも分からないことってあるんですか？」

と驚いて訊ね返すと、

「分からないことはいっぱいあるよ。検影法でこんな状態の光の動き見たことない。そもそも検影法自体ほとんどしないし。野宮君、すごいレアケースに当たっているのかも」

広瀬先輩は困惑しながらも活気を感じる口調だった。

「レアケースですか。そうですよね、同行でも逆行でもなく、光が瞳の中で不規則に動くなんて見たことないし、聞いたこともないです。これ、このまま先生に回してしまっても大丈夫でしょうか」

「それは大丈夫。北見先生なら、なにかしらの解答を出してくれると思うよ。ああ見えて、名医なんだから。私も、先生がいるからこの病院に来たんだし。カルテ持っていって診断を聞きましょう。私もすごく気になる」

と先輩が言ったので、僕は「はい」と返事をしながらカルテを持って半暗室を出た。話し込んでいるわけにはいかない。玉置さんがすぐそこで待っているのだ。

カルテを見た北見先生は、玉置さんの様子を訊ねた。

「この患者さんの検影法の結果、検査できなかったって書いてあるけれど、どんな感じだったの？」

穏やかだが、少し厳しい声だった。

「光を当てた瞬間に、光がクルッと回りました。予想しない方向に」

先生は、少し顎をあげて「ふむ」と小さな声で言った。僕は説明を続けた。

「一瞬、光を見失ったのかと思いましたが、同行でも逆行でもなく、乱視が強く出ているという感じでもなくて、予測できない方向に光が動いているのが確認できたので、計測できないという感じでした。それをそのまま書いたのですが、まずかったでしょうか？」

そう言うと、北見先生は首を振って、

「いや、よく分かりました。検影法をやるという判断は正しかったね」

と、言った。

玉置さんは恐る恐る診察室に入ってきた。北見先生の後ろには、玉置さんよりも心配そうに丘本さんが立っている。僕は診察室の傍に立ってじっと様子を眺めていた。

「こんにちは」

と、明るい声で先生は言った。僕と丘本さんには、それが演技だと分かった。けれども、玉置さんはその声の明るさに、思わず口元を緩めた。北見先生も同じ程度に微笑んでいる。

「今日はどうされましたか？」

と、北見先生は訊ねた。玉置さんは、緊張した声で、

「検診をそこにいる真衣ちゃん……、丘本さんに勧められて、伺いました」

「そうですか、最近、なにか目について気になることはありますか？」

「なんだか少しだけ見えにくいなあと思っていて、どうしてだろうと思って」

「どのくらい前から？」

「どのくらい前かは分からないです。なんとなく、です。あと、目が痛いです」

「そうですか。分かりました。じゃあ、ここに顎を載せて」

北見先生は、玉置さんが顎を載せたのを見届けて、反対側からスリットランプを覗いた。左右と片方ずつ診察を終えて、

「ああ、なるほどね」

と、呟いた。カルテを開いて、目をシパシパさせながら、

「カラコンを普段から入れているのですか？」

と、北見先生が訊ねた。僕がカルテに書き足した記述だった。

「はい、一応」

「どのくらいの頻度《ひんど》ですか」

「毎日です」

「毎日？　一日どれくらいの時間ですか？」

「外に出るときはずっとだから、朝から夜までです」

「朝起きて、外に出て、夜に帰ってくるまで、ずっとですか？」

玉置さんは目を逸らして頷いた。北見先生は「うん」と低い声で唸り、

「率直に言いますが、今とても角膜が傷ついている状態です。カラーコンタクトはお勧めでき

ません。コンタクトレンズを使うにあたって、検診など受けましたか」

玉置さんは、うつむいて黙ってしまった。先生はノーということなのだと判断し、話を続けた。

「おそらく、コンタクトレンズの使い方のせいで、瞳に深く傷が入っているようです。少し見ただけでも無数の傷が角膜にあるのが確認できます。もう一つこれも重要な問題なのですが、玉置さんは円錐角膜《えんすいかくまく》です」

「円錐角膜ってなんですか？」

「この病気について原因はまだ解明されていないのですが、角膜の形が円錐形になっていく病気です。角膜が突出し、菲薄化《ひはくか》、脆弱化《ぜいじゃくか》していきます。一万人に一人くらいの割合で現れると言われています。角膜が通常とは違うカーブで前に出てきて、角膜の先端部分が薄くなり脆《もろ》くなります。これによって、乱視が進んだ結果、見えにくくなったのではないかと思います」

北見先生の声は、これまでにないほど厳しかった。

先生は、声を発しない玉置さんが、感情を抑え理解できるよう一呼吸おいて様子を窺い、さらに説明を続けた。先生にとっても辛い説明であることが、僕らスタッフにも伝わってきた。

「このまま、症状が進んだ場合、最悪、失明もあり得ます」

失明。極めて単純で、その先が考えられない状態だ。

北見先生の口から、この言葉を聞くのは初めてだった。先生と玉置さんを囲む半暗室の闇が、さっきよりもずっと濃くなったような気がした。北見先生はその一言を言った後、大きく息を吐いてから、玉置さんの反応を窺った。

「失明、私がですか？」

玉置さんは、先生を見た。なにか明るい材料はないのか、と請うような瞳だった。少しずつ、その瞳が熱を帯びてきた。

「すぐに、というわけではありません。このまま症状が進んだ最悪の場合です。これから治療を行っていきますので、そうなると決まったわけではありません。ただ、現状は楽観視できる状態ではないと、私は考えています。通常、円錐角膜にはハードコンタクトレンズを用いた治療が有効ですが、角膜の状態を見ている限り、その治療法を採用するのは厳しいと思います。まずは、メガネによって日常生活に支障がないように視力を矯正し、角膜の様子を見てハードコンタクトレンズの治療に移行できればと思います」

玉置さんの頰は上気し、瞳も潤んでいる。冷静に、話を聞いているようには思えない。無理もない。思ってもみなかったほど自分の目がひどい状態であることを冷静に伝えられたのだ。丘本さんも泣きそうだ。だが、玉置さんの次の一言は、僕らの同情を一瞬でかき消してしまった。正確に言えば、僕は玉置さんの次の一言の理由も意味も理解できなかった。

「では……、私はいつから、カラコンが使えるようになりますか？」

その後、目に痛みが走ったのか、玉置さんは強く目をこすった。北見先生は驚いてそれを制止した。全員が一気に、声をあげたので、彼女は肩を強張らせた。

「強く目をこすらないようにしてください」

先生は、厳しく注意した。角膜に傷が入っている今の状態で激しく目をこするのは、間違いなく禁忌《きんき》だ。彼女はゆっくりと手を膝の上に戻した。また、彼女の目が細くなった。

北見先生の視線も鋭さを増した。優しさの裏側にある強い感情が、ただ瞳の中だけに怒りのように込みあげていた。先生は、口を少しだけへの字に曲げて一呼吸置き、

「今の目の状態でカラーコンタクトを使用すれば、失明の危険があります。とても高いリスクを負ってまで使用しなければならない理由がありますか」

と、ゆっくりと訊ねた。相手を侮蔑《ぶべつ》しないように注意深く言葉を発していた。だが、声音はさっきよりも遥《はる》かに厳しかった。先生は、自分の感情に耐えていた。丘本さんは狼狽《うろた》え、僕も込みあげるものを抑えていた。

「目が可愛く見えないから、私、カラコンを着けないと、人前に出られません」

玉置さんは、はっきりとそう言った。なにを言っているんだ？　と反射的に、僕は思った。だが、瞳を覗き込んでみると、玉置さんもまた信じられないほど真剣だった。

「カラコンがあると気持ちが落ち着くんです。私は大丈夫って感じられます。着けていないと不安で人と目を合わすことも、まっすぐなにかを見ることもできません。どうにかならないのでしょうか」

そう言ったあと、彼女の目が輝き始めた。沈黙の重さと同じくらい鈍い光が強くなると、涙が零れた。それは傷ついた瞳が流す痛みのようだった。

彼女の問いに対して、僕らには打つ手がない。僕らは眼を治療することはできる。けれど

も、誰かの心を治すことはできない。彼女は明らかにカラコンに依存《いぞん》していた。カラコンを着けた瞳で世界に接することによって、自分自身のイメージを作り出し守っていた。

自己のイメージを作りあげて、なりたい自分になり、世界に向き合うことは、自然なことなのかも知れない。好きな服を着ることを誰も病気だとは言わないし、化粧をすることを病気だとは思わない。カラーコンタクトを使用することも、誰かにとやかく言われるようなものではないのかも知れない。実際に、玉置さんのカラコンの使い方に問題がなく、円錐角膜でなければ、これほど厳しく注意されることもなかっただろう。

彼女の立場に立てば、僕らの伝えていることは、不条理で不快なものだろう。

だが、彼女の目は、いま円錐角膜という病気にかかっていて、その上、深く傷ついている。病気になっている箇所に怪我《けが》が重なっている状態だ。その認識が彼女の中に生まれていないのだろうか?

傍に立っている丘本さんの顔が青ざめていくのが分かった。玉置さんの表情は、僕らの沈黙に対して憤り、見る間に上気していった。僕らはきっとお互いに理解が足りなかったのだろう。一対の目を巡る僕らの懸け橋となるものはなにもなかった。ただそこには失明の可能性という事実と玉置さんの抱える心の闇があった。

どうすればいい?

その場にいた誰もがそう考えていたのに、言葉はなかった。ただお互いの距離を感じていただけだった。

北見先生が、諦めかけた口調で「では……」と口を開こうとしたとき、丘本さんが声を発した。

「遥香ちゃん！」

と、響くような声で言った。玉置さんが、丘本さんをまっすぐ見た。

「真衣ちゃん……」

と、玉置さんはなにかに気付いたように答えた。

「遥香ちゃん、目が見えなくなっちゃったら、もう一緒に同じ写真を見れなくなるよ。二人で一緒に作品を作れなくなるよ。今なら遥香ちゃんは、これからを選べるんだよ。今だけじゃなく未来を見て。見ないを選んじゃ駄目だよ。どうしてそれが分からないの？　先生がこんなに厳しく言うなんて、すごく危ないってことなんだよ」

玉置さんはなにも答えなかった。彼女の瞳は、それでも現実に抗《あらが》っていた。彼女は僕らを見ながらも目を逸らそうとし続けていた。

玉置さんが光を失うか、それとも保持し続けるかという岐路《きろ》が彼女の前に開かれているようでもあった。丘本さんは必死に言葉を継いだ。

「北見先生、彼女は私の友達です。だから私からきちんと言って聞かせます。どうかよろしくお願いします」

と、頭を下げた。玉置さんはその様子を呆然と眺めていた。

丘本さんの瞳は、言葉にならない感情で震え、溢《あふ》れ出《で》てくる気持ちに耐えていた。北見先生は二人を眺めた後、小さく息を吐き、少しだけ瞳を閉じた。それから瞼をあげた。先生はさっきよりも穏やかに話し始めた。

「あなたは……、お若いからまだ分からないかも知れませんが、健康であるということは、目が、光が、当たり前のように見えるということは、奇跡のようなものです。あなたは、それを偶然生まれたときから与えられているから、その大切さに気付かないだけです。けれども、一度、失われれば、どんなにお金を積んでも、どんなに請い願っても、もう二度と与えられることはないものです。それが、失われてからその大切さに気付くよりも、いまここで、その大切さに気付いていてくれれば、丘本さんも、私たちも、あなたを囲む周りの方々も、誰よりあなた自身も辛《つら》く哀しい思いをしなくて済むでしょう。私も、あなたが傷ついた姿でここに通ってくるのを見ずに済みます。私の言っていることは、分かりますか？」

玉置さんはうつむいて、涙を落としていた。

「カラコンはもう着けられないということですか」

と、玉置さんは震える声で言った。北見先生は首を振った。それから、

「あなたがカラーコンタクトを使用することを、止めることはできません。ただ、いまは少なくとも治療に専念すべきだと申しあげています」

と、はっきりと言った。玉置さんはしぶしぶ頷いた。頷かざるを得ない言葉を、呑み下すようにうつむいていた。

僕は、玉置さんを見ていた。そして、北見先生を見ていた。人が向かい合うことの意味をじっと見ていた。

玉置さんは、その日、メガネ合わせをして、点眼薬を処方されて帰っていった。

失明寸前の状態でも、カラコンを着けることを諦めきれないという状態は、まったく理解できなかった。広瀬先輩は、

「まさかあの光が円錐角膜の光だなんてね……。知らなかったなあ。オートレフを使い慣れている視能訓練士なら、ほとんどの人が見たこともない現象だよ」

と、言ってため息を吐いた後、

「化粧や服装と同じで、それがないと自分は魅力的ではないと感じてしまう人が、多いみたいね。心の問題だから、私たちがそれをどうこうすることはできないけれど、きちんとした知識なしにコンタクトレンズを使用するのがどれだけ危ないのか分かっていない。健康な若い人が傷ついていくのは、嫌なものだよね」

と続けた。

「それにしても……。あんなに真剣な丘本さん初めて見たね。誰かが本気で心配してくれる。誰かが本気で寄り添ってくれるって、すごいことだなあって久しぶりに思ったなあ」

「誰かが本気で寄り添ってくれる……、ですか」

「ああいう患者さんは幸せだよね」

広瀬先輩はそう言った後、少しだけ微笑んで、また検査に戻っていった。

玉置さんは、その幸福に気付いているのだろうか。確かなことは、僕たちにはどうすることもできないというザラリとした感覚だけだった。

その日は仕事が終わるまで、玉置さんのことが頭に浮かんでいた。丘本さんの表情も、いつもの打ち解けた明るい笑顔からは程遠かった。加齢黄斑変性《かれいおうはんへんせい》の検診で頻繁《ひんぱん》に病院に来ている倉田《くらた》さんからも、「あらあら、皆さん今日は元気がないですね」と言われてしまった。

剛田さんだけが場違いなくらい、いつも通り明るい。こんな日は検査室の時間が、とても重くゆっくりと流れている。機械に囲まれた無機質な部屋の中にいることで、視線は逃げ場を探す。外の光が妙に恋しくなる。僕は窓の外を眺めた。

僕は目が見えなくなる、ということについて考えた。職業的にはいつもそのことを考えているのだけれど、今日は見えなくなることをもっと深く捉えようとしていた。

ある朝起きて、なんとなく目が見えにくくて、それからすぐに見えなくなる。残念ながら、それは珍しいことではない。ごく普通に生活している人にも、起こり得ることだ。

北見先生が、いま見えていることが奇跡だと言ったのは、決して大げさな注意喚起《ちゅういかんき》などではないのだ。

目というのは、小さな器官だけれど、あまりにも複雑でその広範な機能を人はまだ解明できていない。ましてやそこで起こる故障のメカニズムは完全に解き明かされているわけではない。目やその周辺だけでなく、脳や、身体のさまざまな器官や、心までが関係する視機能の全体を、把握するのは至難の業《わざ》だ。すべてが上手く稼働したときに「見える」という現象がようやく一人の人の中で起こる。

誰かと向き合い、誰かの瞳を覗き込むとき、「奇跡」の精密さを感じている。ああここにも奇跡がある、と、心のどこかで思っている。

目とは今この瞬間を捉え、未来を探すための器官だ。

光を捉えるということは、可能性を捉えるということだ。その可能性を失おうとしている人たちを救いたい。上手く言葉にはできないけれど、それを日々の業務によって示していくのが、僕らの仕事なのではないかと思った。救いたいという言葉を上手く思い浮かべられなくなるほど、目の前のことに集中しているから、こんなにも思い悩むのかも知れない。僕らはいつも、当たり前のようにそこにある「奇跡」に手を差し伸べたいと思っている。

夕方、片づけが終わってから病院を出て、自転車のロックを外していると、車のクラクションが鳴った。視線を向けると赤いハスラーがライトを一度点滅させた。丘本さんだ。僕が近づいていって、

「お疲れ様です。どうしたんですか」

と、声を掛けると、丘本さんは儀礼的に微笑んだ後、後部座席を親指で指してから、人差し指で、助手席を指した。乗れ、ということだろう。僕は首をかしげてみせたけれど、もう一度同じジェスチャーをされたので、とりあえず、言われた通り乗ることにした。自転車はトラン

クに詰め込んだ。折り畳み自転車だったので簡単に収納することができた。後部座席には、カメラの機材や、カメラ本体が無造作に置かれていた。

「どうしたんですか」

と、言って二回目になる助手席に乗り込むと、丘本さんは、しばらく黙っていたが、小さく息を吐いた後、

「今から、遥香ちゃんに会いに行こうと思って」

と、なんだか申《もう》し訳《わけ》なさそうに呟いた。

「僕も行った方がいいんですか。僕は玉置さんに嫌われているみたいだし、お一人で行った方がいいんじゃないかと思いますが」

そう言うと、丘本さんは少しだけ黙り込んだ。

「私一人じゃ遥香ちゃんを動かせないと思うから。それから……」

「それから？」

丘本さんは、大きく息を吸い込むと、

「一人じゃ会いに行く勇気がないから、野宮さん、よろしくお願いします」

そう言った後、頭を下げられた。その言葉の意味は分からなかったけれど、そんなふうに言われるとなにも言い返せなくなって、

「分かりました。じゃあ行きます」

と、返事した。車を発進させてしばらくして、丘本さんが、

「やっぱり良い人だね。野宮さん」

と、ボソッと言った。僕は聞こえないふりをした。


アパートの前に着いたときには、空は少しずつ茜色《あかねいろ》に染まり始めていた。アパートから出てきた玉置さんの細い影は、昼間見たときよりもさらに細く感じた。後部座席に乗り込んだ彼女に、「こんばんは」と声を掛けると、怪訝《けげん》そうな顔をした後、小さく会釈した。僕もそれに倣《なら》った。相変わらずの濃い化粧をほどこした顔を見て目を逸らした。彼女の瞳には、カラーコンタクトレンズが着けられていた。

玉置さんも車に乗り込んでからは、カラコンを隠すようにじっと目を閉じている。

「夕陽を見に行こう」

と、丘本さんはワザと明るい声で言ってから、車を走らせ始めた。たどり着いたのは、前回と同じ海だった。

三人で車から降りて、真っ赤に染まった海と防波堤を歩いた。景色の中には、赤と黒だけしかない。僕らもまた赤と黒の中を行き来する影にすぎなかった。ここにあるものはすべて、海と夕陽に取り込まれてしまう。防波堤の端っこまで来て、丘本さんは防波堤のへりに座った。玉置さんは少し躊躇ったけれど同じように座った。僕は二人の間に入るわけにもいかず、少し遠くで並んだ二人の影を見ていた。

「今日、びっくりしたよね」

と、丘本さんが切り出した。胸には今日もカメラが抱えられていた。

「うん……、ショックだった」

玉置さんはうつむいた。並んで肩を寄せ合っている二人の影が、少しずつ長くなっていく。

「でも」と、玉置さんは心細そうな声で言った。

「私は大丈夫だってことを証明したくて、病院に行ったのに、馬鹿みたいだよね……。ねえ、真衣ちゃん、私、見えなくなっちゃうのかな」

玉置さんは顔をあげて、丘本さんを見ていた。丘本さんに、「野宮さんこっちに来て」と呼ばれ、玉置さんの横に腰かけた。遠くから見たら、僕らはすごく仲の良い友人同士に見えるだろう。本当にそうだったらいいのにと、少しだけ思っていた。

「野宮さん、どうかな」

丘本さんが、ずるい質問をした。玉置さんの瞳がこちらを見ていた。痛々しそうに見つめる僕の視線に気付いて、玉置さんは目を逸らし、海を見た。僕も同じように海を見た。とても哀しい色をしていた。

「治療法は、いろいろあります。先生も方法を考えていると思います。僕らも力を尽くします。でも、なにより大切なのは、治したいと思う玉置さんの気持ちです。それがなければ、僕たちにはなにもできません」

そう言った後、僕は自分が玉置さんを責めるためだけに、ここに座っているような気持ちになった。海は少しずつ暗く淀《よど》んでいく。

「私のこと馬鹿な女だって思ってますよね？　失明するって分かっていることを、ワザとやっているだなんて」

と消え入りそうな声で言った後、玉置さんは小さくなって、またうつむいてしまった。「そんなことは……」と僕は答えたけれど、彼女の言葉を否定できなかった。

問題があることは、本人もずっと前から分かっていたのだろう。だがそれを止めることができない。痛みを抱えているのは、角膜ではなく彼女自身なのだ。僕は彼女を傷つけるためにここにいるわけではない。結局、なにも答えられないまま彼女をじっと見つめていた。僕の答えを待たず彼女は語り始めた。

「あれから、病院に行った後から、ずっと考えていたんです」

小さな女の子のような敵意もなく衒《てら》いもない、弱々しい声だった。

「私はどんな人間？」

「どんな？」

と、僕は聞き返した。彼女は細い顎をコクリと動かした。

「私、なんて愚かな人間なのだろう。なんてどうしようもない人間なのだろう。なんて恥ずかしい人間なのだろうって、本当に消えてしまいたいくらい……。病院で、あの小さな男の子が私の怒鳴り声を聞いて、私を見たときの表情が何度も蘇ってきて、私なんていなくなってしまえばいいのにって思っていました。あの表情を見たとき、いまの私はどんな人間なんだろうって、思ったんです」

僕らはただ玉置さんの話に耳を傾けていた。彼女の本当の声が響き続けていた。

「自分の中のなにかが、たった一つ壊れてしまうだけで、人はこんなにも変わってしまうんですね」

彼女は切ない声でそう言った。彼女の言葉は続いている。

「私は、ずっと昔から、自分に自信がなかったんです。人ともうまく話せないし、冷たい感じがするって言われて、周りとも馴染めず、独りぼっちでした。大学に入ってからは余計に、そんな感じで……。でもそんなとき、私のことを好きになってくれた人がいたんです。私はそれが嬉しくて、彼のことが好きになってつき合い始めました。でも時間が経つうちに彼は私のことに飽きちゃって、私がじっと彼を見る瞳が『全然笑わないし、いつもこっちばっかり見てるし、なんかいつも目が合うから気持ち悪いんだよね。蛇に睨まれてるみたいで。俺はお前の瞳、マジで嫌い』って言って離れていったんです。私はすごくショックでした。

私はそれまで自分の瞳のことなんて気にしたことなかったけど、彼に『瞳が嫌い』って言われてから、自分を見ることすら怖くなっていきました。でも、瞳をまっすぐに見つめることなく、自分を見ることはできませんよね? 彼への気持ちが消えた後も、その言葉だけが残って、私は自分の瞳や容姿のすべてが好きになれなくなってしまったんです。そのうちに私は、他の誰かが私の瞳を見つめていることが怖くなって、気付いたら外に出られなくなっていました」

僕はその言葉を聞いて、どうして初対面の僕があれほど彼女に嫌われてしまったのか分かった気がした。無意識のうちに瞳を覗こうとする僕の仕草《しぐさ》が気に入らなかったのだ。彼女が一番嫌がることを、出会った最初の瞬間から行っていた。もしかしたら、嫌がられるのではなく、怖がられていたのかも知れない。

「真衣ちゃんだけが私の話を聞いてくれて、私に自信をつけさせるために写真を撮ってくれました。できあがった写真を見せてくれて、『綺麗だよ』って言ってくれて、励ましてくれたんです。少しずつ、私が自分のことを好きになれるように、綺麗な服を選んでくれて、髪型も整えてくれて……。彼のことを打ち明けて、目にコンプレックスがあるって伝えたら、瞳を大きくするためにカラコンも教えてくれたんです。あのとき真衣ちゃんは、『本当の自分を取り戻すまでね』って、ちゃんと注意してくれていたのに」

僕が驚いて丘本さんの方を見ると、彼女は項垂《うなだ》れていた。カラコンを勧めたのは丘本さんだったのだ。

「積極的に私の写真を外の世界に送り出して、自信をつけさせてくれました。SNSでいいねがついて、コンテストで入賞したりして、写真が褒められると、自分が少しずつ外の世界に出ていけるようになっていることに気付きました。

もっと綺麗に写真を撮ってもらう方法はないのか、もっと褒められる方法はないのかって考えるうちに、外の世界と繋がることができるようになっていったんです。洋服を変えて、髪型を変えて、髪の色を変えて完璧に化粧をして、瞳の色を変えて、私はかつての自分を捨てました。もう以前の私とは別人で、だから、もう大丈夫だって思えたんです。新しい自分を見つけたんだって思っていました」

彼女の呼吸は荒くなっていく。

「特に瞳が変わっていれば……、大きくてキラキラしている色の違う瞳があれば、過去の私を捨てられる。もう傷つかなくて済む。もうあんな辛い思いはしなくてもいい。いつの間にかカラコンを外せなくなってしまって、今日みたいなことになっていて……。本当の私はどんな人間なのだろう？　どんな人間になってしまったのだろうって」

玉置さんの瞳も声も、少しずつ熱を帯びて、その後、潤んでいった。まるで夕焼けの時間が少しずつ終わり、宵《よい》の静けさが広がっていくように、彼女の心は暗く深い場所に沈んでいく。

「私はたぶん、自分が間違っていることも分かっているんだと思います。過去の私を捨てるために、瞳をカラコンで覆いました。それがなければ、自分を飾って守らなければ、世界と向き合うことができません。きっと、こうやって海に来ることだって、話をすることだってできなかったと思います。私は、自分ではもう間違いをただせない。失明するかもしれなくなっても、もう自分を変えられないんです。本当に消えてしまいたい」

そして、彼女は大粒の涙を流し始めた。丘本さんも、小さな声で、玉置さんに「ごめんなさい」と繰り返していた。

玉置さんの心にある大きな傷を庇《かば》うものが、カラコンだったのだ。彼女が語っているのは、自分自身の容姿についての問題じゃない。彼女の心と存在についての問題だった。僕らは気付かないうちに、彼女が自分自身を救おうとする前向きな気持ちと努力を傷つけていたのかもしれない。丘本さんは、玉置さんのそんな気持ちを知っていたからこそ、彼女のカラコンについて、これまで強く注意できなかったのだろう。大好きな人をまっすぐに見つめていたその瞳が「嫌いだ」と言って別れを告げるなんて。なんてひどい言葉だろう。玉置さんがカラコンなしで外に出られなくなったのは、彼女自身のせいではない。カラコンを着けて、外の世界に繋がって、魅力的な自分を探さなければ生きていけないほど、彼女はずっと追い詰められていたのだ。

丘本さんは、玉置さんの言葉を聞きながら、同じように泣き出してしまっていた。

「ごめんね。私がもっとわかってあげられていたら」

そう言って、玉置さんを抱きしめて嗚咽《おえつ》している。

「ううん、私こそごめんなさい」

丘本さんが玉置さんの涙を拭《ぬぐ》おうと彼女の頰に手を触れた瞬間、玉置さんがびくりと動き手が強く頰に当たった。その拍子に、カラコンが外れて落ちた。円錐角膜の進行した彼女の瞳は、カラコンのカーブに合わなくなっていたのだ。慌てて、カラコンを戻そうとする、玉置さんの手を、僕は止めた。

彼女は驚いて、僕の瞳をまっすぐに見つめていた。彼女の生まれたままの瞳がこちらを見ていた。

「カラコンなんかなくても、玉置さんは素敵です」

僕は、覚悟をもって言った。嘘ではなかった。たくさんの瞳を見てきた僕には、彼女の瞳の美しさが分かっていた。

「すごく明るい茶色で、月のように煌《きら》めいている瞳です。出会った人の印象に残る素敵な瞳だと思います。玉置さんが自信が持てないって思っているその瞳は、あなたのとても美しいところです。本当はもうカラコンなんて必要ないんです。僕がいまからそれを証明します」

僕は必死に話し続けた。彼女を救うために頭を働かせていた。いま自分にできることを全力で考え続けていた。

「丘本さん、カメラを貸してもらえますか」

丘本さんは驚いて、僕を見た。僕は半《なか》ば強引に、丘本さんからカメラを取りあげ、スイッチを入れて、玉置さんの写真を撮った。玉置さんの口を半開きにした泣き顔がこちらを向いて、一眼レフに収められた。僕はそれを、一眼レフのディスプレイに表示させた後、丘本さんに手渡し、

「丘本さん、いま、玉置さんを撮ってもらえますか?」

と聞いた。丘本さんは驚いていたが、とりあえず、頷き、カメラを構えた。僕は立ちあがって、二人から少しだけ離れた。そして、

「撮ってください」

と、丘本さんに言った。彼女は頷いて、それからしばらく、玉置さんをじっと見つめた後、

「遥香ちゃん、いくよ」

と、声をかけた。玉置さんは、コクンと一度頷いた。丘本さんは、一度だけファインダーか

ら顔を離し、「遥香ちゃん、笑って」と、言った。玉置さんはその声を聞いて、一瞬だけ微笑んでいた。哀しいけれど限りなく優しい笑みがそこにあった。丘本さんのカメラはその瞬間を捉えた。

僕らは近づいて、写真を確認しようとした。すると、丘本さんから声があがった。

「これ、見て」

と、丘本さんは玉置さんに言った。玉置さんもそれを覗いた。その後、すぐに二人で目を合わせた。僕が近づくと、僕にもその写真を見せてくれた。明るいレンズとカメラの性能を生かしきった夕闇の美しい写真だった。紺色をした曖昧な時間と、外灯の光と玉置さんの真っ白な肌の色が調和した、誰がどう見ても美しい写真だった。

僕はその写真を確認した後に、丘本さんからカメラを受け取り、同じ時間に僕の撮った写真を、二人に見せた。玉置さんは驚いて数秒、僕を見つめた。僕も恥ずかしくなって、なんとも言えない表情になった。写真を確認した丘本さんの表情も急に緩んだ。同じカメラを使って、同じ光を使って、同じモデルを使っても、僕が撮った写真はどうしようもなく下手だった。

二枚の写真を比べれば一目瞭然《いちもくりょうぜん》だった。

丘本さんの写真には、玉置さんへの想いが込められていた。

「カラコンなんか、なくても、玉置さんは素敵です」

僕は、繰り返し真面目《まじめ》に彼女にそう言った。まるで、口説き文句のようだったけれど、誰もそんなふうには受け取らなかった。僕の言葉の意味が、いまやっと正確に玉置さんに伝わっている。そんな実感がその瞬間にあった。

「大切な人に向けることのできるこんな微笑みがあるなら、こんな優しい瞳があるなら、僕はあなたを本当に美しい人だと思います」

僕は、彼女の瞳をまっすぐに見つめて、そう言った。彼女の本当の瞳が僕を捉えていた。

また大粒の涙が、彼女の瞳から零れた。その直後にもう一度、丘本さんは、カメラを構えて、シャッターを切った。

玉置さんが、泣きながら微笑んだ。

玉置さんの涙を拭いたのは、丘本さんだった。「ごめんね」とお互いに、言葉にならない言葉を語りかけていた。

僕はそこから静かに離れた。

自分が不器用なことに、心から感謝した。玉置さんのありのままの美しさを、僕が写せなくて本当に良かった。そして、誰かの瞳の光を心から信じていて、本当に良かったと思った。

陽は完全に落ち、外灯の周りを除いてあたりは闇に包まれた。海はただ、音と巨大な空間だけを残して、空と遠景の中に隠れた。

視線をあげると、今日、検影法で見た中和の光のようなオレンジ色の巨大な満月が空に浮かんでいた。まるで歪みのない正確な光が僕らのもとに届いていた。

僕らは三人とも、同じ光を見ていた。

一週間後、一日の終わり頃、玉置さんがほとんど化粧をせず、メガネを掛けて病院にやってきた。

検査室に入ってくるとき、僕を見つけると微笑んでくれた。検査を始めて、オートレフの値を眺めると、前よりも数値にまとまりがあった。一通り検査を終えて、北見先生にカルテを回し、彼女を診察室に通した。

「よろしくお願いします」

と、玉置さんは、一礼してから入ってきた。先生は笑顔で彼女を迎え入れた。今日も傍には、丘本さんが立っている。北見先生はスリットランプで、角膜の状態をチェックし始めた。僕は今日も傍に立って、診察を聞いていた。先生はスリットランプから顔を離し、二、三度、目をシパシパさせた後、半暗室にしていた診察室のカーテンを開けた。そして、玉置さんに穏やかに話し始めた。

「いま、診察したところ、前に確認させていただいたときよりも、角膜の状態は良くなっているようです。これなら、回復していくことも期待できます。あまりに傷が深いと、回復しないこともありますが、今回はギリギリのところでした。運が良かった。もう少し、経過を見てから、ハードコンタクトレンズを使用した治療の開始時期を決めていきましょう」

北見先生は、嬉しそうに玉置さんを見ていた。玉置さんは不安そうに、

「私、失明しませんか？」

と、訊ねた。きっと伝えられた言葉の意味がすぐには分からなかったのだろう。

「絶対、大丈夫とは言えません。でも、前よりもずっと良くなっています。十分、希望は持てますよ。このままカラーコンタクトを着けずに、メガネで生活してください。目を大切にしてくださいね」

玉置さんは、僕らにもはっきりと聞こえる声で、

「ありがとうございます」

と、言った。僕と丘本さんは顔を見合わせた。丘本さんの顔もほころんでいた。

「良かったね、遥香ちゃん！」

と、丘本さんの声が響いた。玉置さんは、力強く頷いた。先生もカルテに記載を行いながら、嬉しそうに二人を眺めていた。僕と同じように少しホッとしているようだった。

カラコンを外した彼女の瞳は、以前よりも自然に輝いていた。なによりも彼女に笑顔が戻った。それが本当の彼女なのだと感じ、信じることができた。

帰り際、丘本さんと二人で玉置さんを、外まで見送りに行った。

「このまま、気を抜かずに治療を続けてくださいね」

と、僕が言うと、玉置さんは頷いてくれた。彼女はこちらをまっすぐ見て言った。

「私、野宮さんに会わなかったら、失明していたかもしれないです。それから、私のことを、素敵だって言ってくれて、本当にありがとうございました」

「それについては、私もありがとう、かな」

と、丘本さんは、照れくさそうに言った。

「あんなに大真面目に、面と向かって『素敵です』とは、なかなか言えないと思う」

「あのときは、必死だったから。でも目を大事にしてもらえるようになって、本当に良かったです。僕も嬉しいです」

玉置さんは、じっと、僕を見つめた後、

「野宮さんも、すごく素敵だと思います」

と、僕と瞳を合わせて真面目な声で言った。僕はその瞬間、自分の心臓が確かに高鳴る音を聞いた。僕が驚いて、目を大きく見開くと、

「って、真衣ちゃんが言っていました」

と言って照れ笑いした。丘本さんは、否定も肯定もしなかった。

「また、皆で海に行こうね」

丘本さんの言葉に、玉置さんも声をあげて賛成した。僕は、彼女のその瞬間の瞳に焦点を合わせた。丘本さんならこの瞬間をきっと美しい一枚に変えることができるのだろう。

傷ついた瞳が癒《い》えた頃、また三人で海を眺められたらいいなと思った。

三ヵ月後、カラコンを外した玉置さんの写真が、フォトコンテストで入賞した。

白黒のポートレイトで、彼女の明るい瞳がこちらを見つめている。自然で透明な表情が、目の印象とよく合っている。この写真の前に立つと、誰もが彼女の瞳を見つめてしまう。

最も輝いているものが、そこにあるからだ。

第3話

夜の虹

「この病気、いつになったら良くなるんでしょうね」

患者さんは、ときどきこんなふうに主治医の北見《きたみ》先生に言えないようなことを、僕ら視能訓練士や看護師に漏《も》らしたりする。

暗室でぼやいたのは門村《かどむら》さんだ。月に一度、必ず北見眼科医院に来る患者さんで、僕は病院に勤め始めてすぐにこの人のことを覚えた。

三十代前半の若い男性で目立つし、がっしりした体格は威圧感がある。よれたスーツを着て、ネクタイはいつも緩めている。身長のわりに長い腕に着けている時計が、なんとなく営業職のようにも見えるけど実際にはよく分からない。見た目は健康そうで、とても病気には見えない。本人も大した病気だとは思っていない節がある。会社の健康診断で眼圧の異常が見つかり、それから治療のために通院するようになった。

この質問をボソッと言われると、僕は言葉をなくしてしまう。

門村さんは、緑内障《りょくないしょう》だからだ。

辛《つら》いけれど、知っていることを口にしなければならない。

「緑内障は治らないんです。病気の進行を遅らせて、視野を温存していくしかないんです」

「えっ、そうなの。でも、全然、前と同じように見えるけど」

「それは、欠損した部分を脳が補って、見えているように思わせているからです。実際には視野は欠けています」

「え、じゃあさ。俺このまま見えなくなっちゃうの」

僕は答えをグッと呑み込んだ。「ええ、そうですよ」というのがある意味では正解だ。けれども、心情的には「ええ、そうですよ」は正解ではない。

「そうならないように、目薬を差して治療していきましょう」

と、穏やかに言った。それを聞いた門村さんは「ふ〜ん」と、興味もなさそうに答えた。それから、おどけたように、

「治療っていっても目薬差すだけだから、ときどき忘れちゃうんだよね」

と、軽い調子で言った。僕はそれを聞いて、胸がチクリと痛んだ。

親友の悪口を聞いたときのようにやりきれない思いにとらわれた。門村さんは目薬をきちんと差していない罪悪感を、僕に話すことで軽くしているのだ。北見先生に怒られる前に、僕に小さな告白をすることで気分が少しは楽になるのだろう。年下の検査技師相手なら軽口を叩いても構わないと思っているのかも知れない。

だがその告白は哀しい。この『哀しい』は、『虚《むな》しい』に変わってしまうのだろうか。薄い水色が退色して、灰色に変わっていくみたいな気持ちを予感してしまう。

「忘れちゃ駄目ですよ。忘れたら、見えなくなります。いつの間にか」

自分でも思ってても見なかったほど強い気持ちで答えた。

彼はめんどくさいことを聞いてしまったような顔をして、検査を始めようと無言で顎台に顎を載せた。僕は、ほんの少しの沈黙の後、

「光が見えたら、ボタンを押してくださいね」

と伝えて、機械のスイッチを入れて計測を始めた。暗室に機械の駆動音が響く。沈黙が妙にやりきれないものに感じる。右目の検査が終わったところで、

「左は悪くないから、左目の検査は別にいいっしょ。これ、結構疲れるし、めんどくさいし。きっと結果は同じだよ。そんな頑張って検査しなくてもいいよ。別に大して悪いわけでもないんだし」

と、言った。足元は貧乏ゆすりをしている。

僕は泣き出しそうになった。けれども、医療従事者として、引き下がれない。門村さんはれっきとした緑内障の患者さんなのだ。

「もし、右目の検査しかしなかったら、左目の視野が悪くなっていた場合、状態を把握できません。検査は両眼とも行わないと駄目です」

「でも、両方とも目薬差してたら、大丈夫なんでしょ」

僕は言葉をこらえた。答えが、実際には残酷なものだからだ。目薬を使って眼圧を下げたところで、「大丈夫」ということはない。眼圧を下げなければ視野の欠損が取り返しのつかない

くらいに進んでいく可能性があるということだ。

「大丈夫とは言えないと思います。詳しくは先生にお訊ねください」

そう言って、左目の検査を促した。彼は面白くなさそうな顔をしながら、もう一度顎台に顎を載せてしぶしぶ検査を受けた。

検査結果は、芳しいものではなかった。

ドーム型に展開する視野の島は、所々欠けて、盲目の海は以前よりも迫ってきた。それは門村さんにとっては、夜空を見上げたときに、いつの間にか、星が幾つか消えていたというような変化でしかないのかも知れない。けれども、その星の瞬《またた》きは二度とは還《かえ》らない。両眼とも鼻側上部の視野の欠損がわずかだが進んでいた。目薬を、本当に差していなかったんだと分かって、重い気持ちになった。暗い顔で検査結果を記入していると、突然、

「あのさ、この仕事って楽しい？」

と、聞かれた。僕は驚いて顔をあげた。

「楽しい、ですか」

「うん。いつも同じ検査して、代わり映えのしない結果を書き込んで、単調そうだけれど楽しいのかなって。俺は仕事をサボれるから病院に来るのはいいんだけどさ」

そんな質問をされたのは初めてだった。単調そうというのが、そもそも意外だった。僕の仕事は楽しくないのだろうか？　だが、答えはすぐに思い浮かんだ。

「僕は、楽しさで仕事をしていません」

「じゃあなんで仕事してるの。給料？」

門村さんの一重の瞳が、真剣だった。僕は彼の瞳を覗いた。鈍《にぶ》くきらめいている。治療に対する態度とは裏腹に、緑内障を恐れているのだろうか。

「きちんと治療していけば、まだまだ視野は大丈夫です。目薬頑張ってくださいね」

と、精いっぱいの気持ちで言った。それを聞くと、瞳からきらめきがさっと消えて、

「分かったよ。お疲れさん」

と、席を立った。僕は渋い表情のまま彼を見送った。

診察が始まると、北見先生は、検査結果を見ながら、

「少し進んでいますね。目薬を増やしましょう」

と言った。門村さんはそこでも食って掛かった。

「目薬増えるんですか？　ちょっとめんどくさいです。個人的には前と同じ感じですが」

先生は、門村さんをじっと見た。

「本当に、前と同じならいいのですが、少し視野の欠損は進んでいます。目薬、差されていますか？」

門村さんはそれには答えずに、

「もし、検査で同じ結果が出るのなら来る意味ってあるんですか。時間の無駄だという気しかしないのですが」

と訊ねた。

「変化がない、ということは、この病気の患者さんにとって、この上なく良いことです。視野を温存できている、ということですから、治療が成功しているということです。ですが、今はそうではありません」

「いや、そんなことはないですよ、前と同じですから」

「いいえ。前と同じように感じていても、今はまだ見えないものが失われています。その失われたものの輪郭が見えるようになったとき、あなたの視野を元に戻すことは私たちにはできません」

「でも、自分がどこかが悪いという実感がなにもないんです」

「実感はなくても、治療は決して無意味ではありません。繰り返しますが、失われた視野を回復させる治療法はありません。その状態以上に悪くならないようにするだけです。結論から申しあげれば、今の視野をこのまま維持できるという見込みは薄いと考えていた方がいいと思います。十年後、二十年後、運が良ければ三十年後かそれ以降かも知れませんが、視野の欠損を自覚する日は必ず来ます。今やっている治療は、今のあなたのためだけのものではないんです。遠い未来のご自身のために行っていることです。それを私は無意味だとは思いませんが、あなたはどう思われますか?」

「それは……、考えたこともありませんでした」

門村さんは、唇を少し尖《とが》らせて口ごもった。

「この病気の治療は、発見から早ければ早いほどいいのです。面倒だと感じるのも分かりますが、一緒に頑張っていきましょう。それと、左下側の視野には注意して生活してください。ここは視野の欠損が進んでいます」

門村さんはそう言われた後、立ちあがって、不満げな表情をして帰っていった。ちょっとした疑問をぶつけただけで、どうしてこんなにも言われなければならないのか、分からなかったのかも知れない。

けれども、先生の言葉こそが彼が受け取るべき処方箋なのだと、僕には思えた。


「コーヒーが飲みたい」

午前中の診察が終わる頃、広瀬《ひろせ》先輩が眠そうに目をこすりながら言った。目をこすることがどれくらい目に悪いのか知っている人が、さっきからこすっているのだから、よほど眠いのだろう。目の下の隈も深く、顔も青白い。

「缶コーヒーでも買ってきましょうか」

と、言うと、

「誰かが淹《い》れてくれた温かいコーヒーが飲みたい」

と、子供のように駄々をこねた。これはよっぽどだなと、僕は苦笑いした。

「じゃあ、どうしようもないですね」

と、即答すると「そうだよね」と、あっさりと引き下がった。

午前中の業務が終わり、患者さんが途切れた途端に浮かんだ先輩のささやかな願いは、消え去っていくかに思えた。そのとき、通りかかった北見先生を彼女はつかまえた。

「この近くに美味《おい》しいコーヒーが飲める場所はありませんか。一杯ずつ淹れたコーヒーが飲めるような」

その目は真剣だった。先生は、先輩の顔をじっと見つめた。

「真剣だね、広瀬さん」

「もちろんです」と先輩は答えた。

「この近くで美味しいコーヒーが飲める場所が一軒だけありますよ」

「本当ですか」と先輩は食いついて、「ぜひ紹介してください」と、先生に近づいていった。

気圧された先生は、場所を教えてくれた。

「ありがとうございます。じゃあ、いまから行ってきます。野宮《のみや》君も連れて」

と、先輩は決意に満ちた眼差《まなざ》しで答えた。「どうして僕が?」と思い、立ち止まっていると、先輩は振り返り、

「初めての店とか一人じゃ入りづらいでしょ」

と、言って足早に検査室を出て行った。僕は慌てて先輩の後を追った。

「ブルーバード」というその店は、病院の裏手を歩いて十分のところにあった。カウベルのついた古めかしいドアを開けると、木調の温かい空間が広がっていた。スピーカーから流れてく

る音が妙にクリアに聞こえる。オーディオに詳しくない僕にすら、音響にこだわっていることが分かった。カウンター席とテーブル席があり、カウンターの中でマスターらしき人がコーヒーを淹れていた。間接照明と窓から取り入れる光のバランスが、ちょうどいい。目が疲れない明るさだ。店の奥は小さなホールのようになっていて、グランドピアノが置いてある。

お昼時を少し過ぎた頃で、他のお客さんと距離を取れる場所はカウンターしかなかった。大きな観葉植物と、その隣に置かれた大ぶりな真っ黒いケースを避けて店の奥に進んだ。カウンターの真ん中あたりまで来ると先輩は椅子を引いた。僕もそれに続いた。

「これは、驚きました。いらっしゃいませ」

と、嬉しそうな声が聞こえた。顔をあげるとそこには、三井《みつい》さんがいた。北見眼科医院に通ってくる患者さんの一人だった。先輩も驚いていた。

「こんにちは、広瀬さん、野宮さん。今日は午後から病院に伺おうと思っていたところでした」

彼は病院のスタッフの名前、一人一人を覚えてくれていた。誰に対しても、敬意を払う。そんな雰囲気が、三井さんに侵しがたいなにかを感じさせた。

「三井さんのお店だったのですね。喫茶店のマスターだなんて知りませんでした。広くて素敵なお店ですね」

「ありがとうございます。ライブをしていたこともあったので広いのですよ」

「じゃあ、あの黒いケースは楽器ですか？」

と、先輩は先ほど避けた黒いケースを指さした。

「ええ。そうです。トランペットです。この店には、楽器がたくさん眠ってますよ。ドラムセットなんかも、どこかにあります。もう使うこともないだろうとは思うのですが捨てられなくて。北見先生から聞いていらっしゃったのですか」

と嬉しそうに聞き返した。

「ええ。美味しいコーヒーが飲みたくて。北見先生に教えてもらいました」

コーヒーが待ちきれないのだろう。彼女は手早く注文した。僕は少しだけ悩んだが、先輩と同じようにナポリタンとコーヒーのセットにした。先輩が、

「ブルーバードっていうのは、あのアルバムから取った名前なんですか？」

と訊ねた。先輩は店の棚に飾ってあったレコードのジャケットを指さした。小さな青い鳥がこちらを振り向いているイラストが描かれている。隣には、同じポーズのA4くらいの大きさの青い鳥の写真が額に入れられて飾られている。店名にちなんで置かれているものだろう。

「ええ、そうです。店の名前なんて、なんでも良かったのですが、妻がこれがいい、と言い張ったもので」

「私、このアルバム知ってますよ、昔、父の書斎にありました」

と先輩は言った。三井さんはそれを聞くと、

「そうですか。気になるのなら流しましょうか」

と言ってレコードをターンテーブルに置いて音楽を掛けてから、こちらを向いて言った。

「では、少々お待ちください」

一礼の後、細長くまっすぐな目と視線がぶつかったとき、ふいに嬉しくなった。真心を向けられていると、気付いたからだ。店内からは特徴的なトランペットが響き始めたけれども、他のお客さんの談笑にかき消されて楽曲の全体像は摑めなかった。

緑内障で周辺視野の大きく欠けている三井さんの瞳は、たぶん目の隅でなにかを捉えることはできない。だから、三井さんはまっすぐにこちらを見る。その視線には、訴えかけてくるものがある。

三井さんは一礼した後、奥に消えてしまった。店内には音楽だけが残された。スピーカーの方に目を向けると、カウンターの端の一番薄暗い場所に門村さんが陣取って、コーヒーカップに口を着けて宙を見つめていた。左手で小刻みにリズムを取っているから音楽を聞いているのだろう。先輩も、彼に気付いたようで、「あれって」と僕に目配せをした。僕も頷いてみせた。

午前中の診察で、「この仕事って楽しい？」と聞いたときの彼の瞳を思い出した。音楽を聞いているときの彼の瞳はあのときとは別のものだ。診察が終わった後から、今までだとしたら二時間近くこの場所にいることになる。仕事は大丈夫なのだろうか。なににせよ僕には関係のないことだ。目薬を忘れないでほしいなと、また思った。そのすぐ後で、彼を視界の隅に追いやった。同じく音楽も遠ざかった。

ナポリタンはすぐに運ばれてきた。

真っ白いお皿の中心に真っ赤なスパゲッティが山盛りに載せられている。パルメザンチーズがスパゲッティの頂《いただき》に、粉雪のようにちりばめられ、ケチャップの赤を引き立てている。文句のつけようのない盛りつけだった。僕たちはすぐにフォークを持って食事を始めた。

「うますぎる」

と、僕が言って顔をあげると、三井さんは嬉しそうに、

「ありがとうございます」

と、慎《つつし》み深《ぶか》い人柄によく似合った笑顔を浮かべた。夢中になって頬張っているうちに食事は終わり、頃合い良くコーヒーが運ばれてきた。カップを置く最後の瞬間に、ソーサーとカウンターの間でコツンと小さな音が鳴って、コーヒーが滑《なめ》らかに波打った。そこに店内の照明が映り込んでいる。余韻を与える深い香りが鼻先に燻《くゆ》っていた。カップの耳を持ちあげて口元に当てると、香りは味へと滑らかに変化し、嗅覚《きゅうかく》から味覚への変化にうまく追いつけない感覚は、ふわっとした酔いに似た感じをもたらした。心地良いと思った後、嬉しくなった。本当に美味しいコーヒーだった。

先輩を見ると目を閉じて、ただただ微笑みを浮かべていた。美味しいという言葉以上の表現が日本語にあるのなら、きっとこんな表情を浮かべながら呟くべきだろう。

「いかがですか」

と先輩の表情を確認しながら三井さんが訊ねた。先輩は瞼を大きく開いて、

「本当にありがとうございます」

と素《す》っ頓狂《とんきょう》な返事をした。だが意味は伝わる。感謝したくなるくらい、最高ということだ。

「喜んでいただけて良かったです。いつもお世話になっているお二人に心を込めて淹れました」

そう言った台詞が大げさに聞こえないほど、誠実な声が響いた。

「こんなに美味しいコーヒーは生まれて初めて飲みました」

と伝えると、

「私がここに立っていられる限りは、これからも同じように淹れましょう。あと何年いられるか分かりませんが、またいらっしゃってください」

と頭を下げて言ってくれた。僕は目を細めて、彼の瞳を覗いた。ここに立っていられる限り、というのは緑内障がこれ以上進行して店を続けられなくなるまで、という意味なのだろうか。作業をしている姿を見る限り、仕事に支障があるようには見えない。

緑内障という後戻りのできない病気を抱えてお店を続けていくのは大変なことだけれど、このお店がずっとあればいいなと思った。十年後もここに座ってコーヒーを飲んでいたいと思ってしまう。

「見えているうちは工夫をして店を続けていこうと思っています。妻も他界し、私たちには子供もなく、この店だけが私の生きた証《あかし》です。ここで一日でも長く、最後の最後までお客さんの笑顔を見ていくために視野を保《たも》っていたい。妻と一緒に店をしていたときのように、たくさんの笑顔をこの店で見続けるのが夢なのです」

と三井さんは僕に言った。戸惑いが見透かされていたのだろうか。僕はその言葉に、どれくらい心を傾けていいのか分からずに黙り込んだ。その一瞬の沈黙を打ち消すように、先輩は、

「先生の分もテイクアウトでお願いしてもいいですか」

と三井さんに伝えた。先輩が先生から預かったタンブラーを手渡すと、彼は、快諾《かいだく》して、またコーヒーを淹れ始めた。香りはまた僕らを楽しませた。コーヒーを淹れる所作に目が引き込まれていく。

僕はその様子をため息をつかないようにして、そっと眺めていた。

持ち帰ったコーヒーを渡すと先生は大喜びだった。

タンブラーに入ったコーヒーの香りを嗅《か》ぐと、機嫌が良くなって、検査室に新しく入ったデモ機について興奮気味に説明してくれた。眼底カメラを機材の業者さんが期限つきで貸してくれたらしい。機材の説明をしている先生の瞳は、新しいテレビが家にやってきたときの僕の父親の目の輝きに似ていた。

先生の説明をぼんやりとした調子で受けていた先輩の瞳が、実際に機体をいじり始めた時点で、変わった。

看護師の丘本《おかもと》さんの瞳を借りてテストテイクを行い、できあがった画像を見て、僕らは声をあげた。これまでは考えられないくらい鮮明で、しかも広い範囲を写した画像ができあがっていた。

「この機材すごく高いから、買うかどうかは悩むけど、この画像を見ちゃうと気持ちが揺らいじゃうよね」

と、ニヤニヤしながら先生は言った。

これがあると仕事楽だなあ、と独り言のように先輩は呟いた。導入されるかどうかは分からないけれど、最新機器の手触りだけでも覚えていようと僕は思った。新築の一軒家が土地つきで買えてしまうほど高価な機械なので、可能な限り慎重に扱わなければ。

先生がコーヒーを飲み終わると、午後の診察は始まった。

午後は予約でいっぱいだった。加齢黄斑変性《かれいおうはんへんせい》で通って来る倉田《くらた》さんに「最近、慣れてきましたね」と言われたりした。仕事ができるようになりたい、と、この半年ずっと思っていたけれど、少しは叶《かな》い始めているのだろうか。

慌ただしく過ごしているうちに、三井さんがやってきた。

検査室のドアを開けると、背筋をしっかりと伸ばした彼が「よろしくお願いします」と、誰に対するものでもなく礼をして、左足からそっと入った。

彼と応対した広瀬先輩は、「先ほどは、どうも」と、緊張した面持ちで挨拶《あいさつ》をした。浮かべているのは、完全に業務用の笑みだ。僕もその気持ちが分かった。三井さんは穏やかな紳士だ。けれども、病院で対応するには心の準備が必要な人なのだ。

さりげなく、そして素早く眼圧を測り、「はい、次はこちらに……」と誘導しようとしたそのとき、三井さんは、ぴたりと止まった。その後、もう一度腰を下ろし、先輩を見上げ、表情

を曇らせて、

「今日の眼圧、どれくらいでしたか」

と、厳《おごそ》かに訊ねた。先輩の動きも止まった。三井さんの検査をするときにこの言葉は回避しようがない。彼女はカルテを見ながら、

「う～ん、十二くらいですかね」

と、ワザと明るい調子で言った。十二というのは12mmHgのことだ。すると、それを聞いた三井さんは、突然「十二！」と、紳士に似つかわしくない声をあげた。

「私、かなり悪くなっているんでしょうか？　前回は十一だったのですが？」

と、まくし立てるように訊ねた。先輩は慣れた様子で答えた。

「いや～、十一と十二なら、これは誤差範囲内だと思いますけど。ちゃんと目薬、差されてますよね」

三井さんは、「なにを言っているんだ」と怒り出しそうな雰囲気で、

「もちろんです。毎日、決まった時間、回数、欠かさず差しております」

と、主張した。僕はその答えを聞いて「さすが三井さんだ」と心の中で呟いた。広瀬先輩は、業務用のとっても爽《さわ》やかな笑顔で頷いて、前髪を揺らした。大きな瞳は長く穏やかに輝いている。よしよし、というような気分だろう。

「それは大事なことですね。高くなっているとは言えないと思いますよ。眼圧はちょっと目に力を入れただけでも変わりますから、これくらいの数字の差なら大丈夫です。頑張ってます

ね。次の検査をしましょう」

彼女は笑顔を崩さなかった。

しばらくの沈黙の後、三井さんは肩の力を抜いて、オートレフの椅子に移動してくれた。心からホッとしたというような様子だった。午前中の門村さんとは大違いだ。

緑内障の患者さんは、こんなふうに検査結果の数値を気にする人が多い。俗に「緑内障気質」と言われる状態のことだ。とりわけ眼圧の数字を気にする患者さんは多い。

一通り検査が終わると、診察室では、北見先生が大きな笑みで彼を迎えた。

「お変わりありませんか」

と、穏やかに訊ねるときの先生はだいたい機嫌がいい。三井さんも笑顔を見せたが椅子に座り、先生と向き合うと、また真剣な緑内障気質の患者さんの表情に戻った。

「私の目は大丈夫でしょうか」

そう訊ねられると、先生は、

「悪くなっていませんよ」

と、切り出した。その言葉を聞いて、三井さんは相好を崩した。緑内障の患者さんにとっては一番安心する言葉だろう。

診察自体は、軽い挨拶となんてこともない世間話を交《か》わすほどの時間で終わった。

「まだまだお互い頑張っていきましょう」

と、先生が話すと、三井さんは、

「ありがとうございます」

と微《かす》かに笑って、立ちあがり、診察室を出て行った。まるで、「さよなら」のように聞こえた。三井さんの声が、なぜだか僕の胸に響いた。

寂しさと優しさが、よく似ているからかも知れない。


昼休みになった。受付から窓の外を覗くと雨が降っていた。ここ数日、雨が降っている。窓の外の沈んだ景色を眺めていると、コーヒーが飲みたくなった。

検査は繊細な仕事なので、一息つくためには休憩プラスのなにかが欲しくなる。僕には少し贅沢《ぜいたく》な休息が必要なのだ、と自分自身に言い訳をすると病院を飛び出してブルーバードに足を向けた。扉を開けると、

「いらっしゃい」

と、三井さんが迎えてくれた。広い店内を見渡すと、門村さんがいた。店の奥のカウンターの端っこに座って、ひたすら音楽に耳を傾けている。仕事はどうしたのだろうか。

お客さんは、先日よりも入っている。テーブル席はだいたい埋まっている。三井さんは背筋を伸ばして、カップを磨いていた。

僕は門村さんに気付かれないように、観葉植物と目立つ黒い大きなケースを避けてカウンターに陣取った。オムライスとコーヒーのセットを注文すると、すぐにトロトロの卵の載ったオムライスに、コクのあるデミグラスソースが、たっぷりとかけられてやってきた。柔らかく

て温かいものを食べると、人はどうしてこんなに幸せになれるのだろう。

食後のコーヒーのタイミングで三井さんが話しかけてきた。

「今日はお一人ですか」

「ええ。ちょっと遅めの休憩です。コーヒーが飲みたくなってここに来ました」

「ありがとうございます。野宮さんはお仕事に慣れましたか」

「おかげさまで、少しずつですが。最近は、注意を受けることも減りました」

「ああ、広瀬さんに？　厳しそうですが、立派な方ですよね。いつも集中して仕事をされているのが分かります。ああいう方から学ぶことは多いでしょう」

いつも短時間の検査でしか触れ合わない検査技師の人となりを、彼は見抜いているのだろうか。

「そんなに驚かないでください。北見先生から話を聞いていることと、病院でお会いしたときの雰囲気を見ていれば察しはつきます。野宮さんが頑張って仕事を覚えているともおっしゃっていましたよ」

「先生が？　普段はあまりそういう言葉を聞いたことがないので」

三井さんは笑顔で頷き、それ以上は話さなかった。きっと、他にもいろんなことを話されているのだろうなあと、さりげない沈黙の中で思った。

「不思議な先生ですよね。偉ぶったところがなくて、口数は多い方ではないのに、いつまでも話していたいと思わせてしまう。先生にも、病院の皆さんにも、これからも来ていただけるようにお店が続けられたらいいのですが……」

「すごく美味しいコーヒーなので、僕も通いたいです」

ふいに、三井さんと目が合った。彼は、僕の瞳を見ていた。僕の表情が狭まった視野のせいで読めないのだろうか。

「野宮さんはまっすぐですね」

僕は驚いて、目を瞬かせた。それから彼は微笑んだ。

「野宮さんは、誰かの目をまっすぐ見てお話しされるのですね。珍しい雰囲気の方だなあと思いました。まっすぐに言葉を受け取ってもらえるような、そんな気がするのです。まっすぐに相手を見て話をする。当たり前のことのような感じがしますが、案外そうでもないのだと思うことがあります。私のように、中心視野しか残っていないような人間には、野宮さんのような方に出会えると、とても嬉しくなりますよ」

と、言った。その後、

「考えてみると不思議です。どうして野宮さんはまっすぐなのでしょうね」

と、穏やかな声で訊ねられた。この質問になら、僕は正確に答えられる。少しだけ間をおいて、

「ずっと、瞳を見ているから……、です」

と静かに答えた。

「職業柄というわけでもないのですが、ずっと昔から瞳がなにを訴えているのか、伝えている

のかを毎日見ています。だから、きっといつもまっすぐに見ているのだと思います」

それを聞いて、三井さんは腕組みをした後、何度か頷いた。

「野宮さんは、素晴らしい医療従事者ですね」

僕は会話の内容から飛躍した言葉に理解が追いつかなくて、ポカンとした表情で彼を見ていた。

「職場を離れたときも、全身全霊でお仕事に向かっているのですね……。生き方と仕事を重ねる人は、だんだん少なくなってきましたが、私はそんな人たちに共感できます。プロフェッショナルというのは本来そうあるべきだと思います」

僕は、どちらかといえば、でき損ないの視能訓練士でしかないと思っていたけれど、彼の言葉に反駁《はんばく》したくなくて、その言葉は呑み込んだ。

「病気になって悲観的になって、自信をなくされる患者さんはたくさんいます。死ぬことや、絶望や、孤独を、僕らに話される患者さんもいます。その度に、なんて答えたらいいのか分からなくて……、三井さんは、そんな悲観的な患者さんにはならないような気がしています。三井さんが築きあげてきたものは、なにがあっても消えないような気がするんです」

「それはどうして」

どうして、と訊ねられてから、僕は戸惑った。なぜ僕は、三井さんは違うと思ったのだろう？　答えは僕の手の中にあった。コーヒーカップは空っぽになっていた。けれどもそこには確かに香りが残っていた。

「なぜだかは分かりません。でも、空っぽのコーヒーカップを眺めていても、かつてそこにあったものを感じられるように、誰かの心に残り続けていくものを一杯一杯積み重ねてこられたからだと思います。そういうものの価値を信じていたいのかも知れません」

彼はその言葉を聞いて、

「そうですか」

と言った。突き放されたわけでも、聞き流されたわけでもない。ただ静かに彼は言葉を受け止めていた。三井さんが次の言葉を口にしようとしたとき、なにかが倒れる大きな音が店内に響いた。

視線を向けると、がっしりとした男の人が地面に倒れていた。三井さんが慌ててカウンターの向こう側から近づき、

「大丈夫ですか」

と声を掛けた。男性は、

「こんなところに箱なんて置くなよ。躓《つまず》くだろう」

と、荒々しい声をあげた。その声には聞き覚えがあった。声の主は、門村さんだった。どうやら左側の足先にあった大きな黒いケースに躓いたらしい。ケースを立てかけていたラックケースとその先にあった観葉植物と植木が床に散らばっている。三井さんは、目を細めながら確認した後、

「すみません、怪我《けが》はありませんか？」

と、気遣《きづか》いながら門村さんに近づいた。門村さんは食って掛かりそうな雰囲気で三井さんを睨んでいる。「門村さん」と声を掛けると、彼は驚いてこちらを見た。

「どうかしたんですか」

「箱とか鉢に躓いたんですよ。見えにくい場所に置いてあったんで」

三井さんは、

「お怪我はありませんか？」

と、もう一度訊ねた。

「怪我はないですよ。でも服は土まみれで台無しですよ」

「それは、申《もう》し訳《わけ》ありませんでした。この三十年、誰もあの箱に躓いたりする人はいなかったものですから」

「それはないでしょ。あんな場所に置いてあって。クリーニング代出してもらえますか。ここ破れちゃったからスーツを弁償してもらってもいいくらいだと思うんですよ」

僕はその言葉に引っ掛かりを覚えた。三十年の間、誰も躓かず問題も起こらなかったのなら、この事故は、それに躓いた門村さんの責任ではないだろうか。

倒れたラックに、黒い大きなケース、床に散らばった土と葉っぱ、折れ曲がった枝に、無残《むざん》な姿の幹は痛々しかった。それは門村さんから見て左端に向かって広がっていた。僕は、門村さんに声を掛けた。

「門村さん、落ち着いてください。周りの人も皆、こっちを見ていますよ。気を鎮めて、そこに座ってください」

「なんですか。病院とは関係ないでしょ」

と、彼は言ったが、数人の客の注目を集めていることに気付くと、僕の言った通りカウンターの前の席に着いた。僕は門村さんの隣に座った。

「門村さんはお店の人が見えにくい場所に観葉植物を置いていることが悪い、とおっしゃって

いましたが、本当にそこにあったことに気付かなかったのですか?」

彼の目を見ると、興奮で瞳孔が開ききっている。

「当然です。あんなところに置いてあったら、死角になって気付かないでしょう」

やはり、だ。僕は哀しくなった。

「では、来るときには躓かず、帰るときに躓いてしまったということですね」

「まあ、そうですね」

「つまり、来るときには見えていたものが、帰るときには見えなかったということでしょう

か?」

僕がそう投げかけると、彼は戸惑いながらも尖った口調で、

「そういうことになりますね、でも、それは……」

と、反論をしようとした。けれども彼は、僕がこれから話そうとしていることに気付いてし

まった。彼の言葉は止まり、開ききった瞳孔が収縮していった。じっと瞳を見つめていると、

それは潤み、暗い影を帯び始めた。

「門村さんは、左目の下側に置いてあったものに気付かなかったということですよね」

と、僕が言うと、彼は言葉の意味を完全に理解した。唖然《あぜん》として僕を見つめた後、突然、三井さんの方に向きなおった。それから、大きな声で、「すみませんでした」と謝ると、頭を下げ始めた。顔が真っ赤だった。

三井さんはなにも変わらずに彼を見つめていた。

「自分の不注意でした。クリーニング代を出してくれなんて、本当にすみませんでした」

三井さんは優しい瞳のまま困惑した表情で、こちらに視線を向けて、僕に説明を求めた。

「三井さん、こちらは門村さん。北見眼科医院の患者さんです。彼は、いまお店のせいで転んでしまったと言っていたのですが、違うのです。彼は鉢が見えなかったんです」

「大きな声を出して、すみませんでした。自分は、緑内障で……」

と彼が口にすると、三井さんは、ああ。と声を漏らして不憫《ふびん》そうに、言葉にもならず、

「それは……」

と、だけ言った。彼が今とても辛い瞬間の中にいることに三井さんも気付いた。

病気を自覚してしまったときのショックを思い出しているのだろう。僕らの声のトーンが落ちたことで、他のお客さんはこちらに注意を向けなくなった。門村さんは汚れた背広のまま、謝り続けている。自分の視野の中にある『見えない』の輪郭に気付いてしまった恐怖を、彼は振り払おうとしているのだろうか。

緑内障が、いま彼の中で姿を現した。

「左側の下部の視野が欠けているのですね？」

三井さんは、彼にそう訊ねた。彼はそれを訊ねられてから、頭をあげて、じっと三井さんを見ていた。頷きたくはなかったのだろう。けれども、頷かざるを得なかった。

「おっしゃる通りです。先日病院で、左下側に注意するよう先生に言われました。下が見えないと生活に支障をきたす場合があるから、と。それなのに……、これです」

それを聞いて、三井さんは優しく頷きながら、

「もう謝罪は結構です。誰も悪くはない。怪我がなくて、本当に良かった」

と、話した。

門村さんはただ項垂《うなだ》れて、じっと耐えている。確かに、彼だけのせいではない。けれども、彼の病気に対する慢心がこの瞬間を生み出したことも事実だった。いたたまれなくなって、

「掃除《そうじ》を手伝います」

と切り出した。そう言うことしか僕にはできなかった。

「そろそろ、お昼休憩も終わり、病院に戻らないといけない時間ですよ。こちらのことは心配なさらず、患者さんのもとへ。それが野宮さんの仕事です」

と、三井さんは笑みを浮かべた。

「自分も片づけを手伝います。すみませんでした」

と、肩を落とす門村さんに三井さんは頷き、厨房《ちゅうぼう》の方から、箒《ほうき》と塵取《ちりと》りを持ってきて掃除を始めた。

「門村さんとおっしゃいましたか。実は私も緑内障でね。あなたが感じていることはよく分かります。自分が見ているものが、真実ではないのかも知れないと思うことは、とても怖いことです。だから、私はあなたを責める気にはなれないんですよ。本当に気にしないでください。大変な思いをされているのはあなたですから」

三井さんは身をかがめて、割れた鉢の欠片《かけら》や散らばった土を集めていた。けれども、彼の欠けた視野では、どうしても綺麗にごみを拾い集めることはできない。門村さんは、膝を床について三井さんを手伝ってごみを集めた。三井さんは顔をあげて微笑んで、

「ありがとう」

と言った。門村さんは、小さな声で「すみません」と噛《か》み締《し》めるように言った。床に倒れた黒いケースを門村さんが抱えあげると、留め具が外れて中身が零《こぼ》れ落ちそうになった。彼はそれを手で押さえて抱きかかえた。そこにあったのはトランペットだった。門村さんは目を丸くして眺めていた。

「これは、マスターのものですか」

「お恥ずかしい。私のものです。ずいぶん昔に、やめてしまいましたが」

と、言って立ちあがってトランペットを手に取った。寂しそうな瞳だった。

「どうして?」

と彼は訊ねた。意外そうな顔をして三井さんは答えた。

「緑内障になってしまったものですから。これを吹くと眼圧があがってしまうような感じがし

たんです。光を失ってしまうような気がして吹けなくなってしまったんですよ。それで、この店を始めました。ステージに立って吹くと虹が見えてね……。それが私の目の終わりのような気がしたんです」

彼の言っている虹は、おそらく虹視症《こうししょう》のことだろう。緑内障の患者さんは、ときどき光の周りに虹の輪を見る人がいる。その言葉を聞くと、門村さんの瞳が潤み始めた。

「どうしたんですか?」

と、僕が訊ねると、彼は「なんでもありません。本当にすみません」と答えると、黙々と片づけを始めた。三井さんは僕を見た。それから、彼は「もう大丈夫ですから」と病院に戻るように促した。僕はブルーバードを後にした。門村さんの熱く潤んだ瞳の理由をそれ以上、そこで探すことはできなかった。

久しぶりに晴れた日の朝、広瀬先輩に命じられるままに、始業前に予約の確認をするため受付に向かった。門村さんと三井さんの名前があった。三井さんは早々にやってきて待合室の椅子に腰かけるところだった。トイレから出てきた門村さんは三井さんを見つけると、

「この前は、どうも」

と、会釈《えしゃく》して近づいて行った。そのときに、彼はまた椅子の角に足をぶつけた。彼の表情が固まってしまった。三井さんは、

「慣れないうちはぶつかるけれど、そこが見えないんだって認識してしまえば、避けられるよ

うになりますよ。顔を傾けて周りを見る癖をつけるといいですよ」

と、優しく伝えた。彼は、その言葉に従って右目の視界に椅子の角が入るように顎を引いた。

「ほんとだ。見えました」

三井さんは、答える代わりに隣に座るように促した。

「門村さん。今日は検診ですか？」

「そうです。休みが取れるときに来ようし思って」

「お幾つですか」

「年ですか。三十四歳です」

「いいえ、そうではなくて眼圧。私は十一くらいです」

「眼圧？　いいえ、分かりません。それ大事なんですか？」

三井さんは、目を見開いて顎を引いた。信じられないといった気持ちが表情で伝わった。

「私、なにか変なことを言ったでしょうか」

三井さんは、表情を戻して、

「いいえ。私はいつも眼圧の数字を気にしておりまして、同じ緑内障の患者さんで眼圧の数字を気にしないという方は想像できなかったものでしたから」

「そうなのですか？　眼圧……、そういえば、先生にもそんなことを言われたような。この前のようなことがあってから、周りが見えにくくなったような気がして、先生の話をちゃんと聞かなきゃな、と思っていたところです」

三井さんは、それを聞いていたたまれないというような顔で門村さんを見た。その表情を目にして、門村さんの言葉が止まった。彼にはその眼差しの意味が分からない。

「まだまだ、お若いのだから、目を大切にして、どうかお大事に。これから、人生長いのですから」

その声の深さに、門村さんは驚いていた。

年齢を重ねた人たちだけが発する垣根《かきね》のない優しさだった。

「すみませんね。赤の他人からこんなことを言われたら、ご不快でしょうけれど、この前、お店に来られたときから、どうしてもあなたのことが気になってしまって」

門村さんは頭を下げた。

「私も若いころ、仕事がつまらなくて、うまくいかないことがありました」

彼は、顔をあげた。

「どうしてそれを?」

「長年、店をやっていれば、分かるようになりますよ。幸せな人の顔も、不幸な人の顔も、すぐに気付きます。接客をする人間というのはね、される人よりも遥かに深くものを見ているものです」

「おっしゃる通りです。毎朝、出勤する前に仕事を辞めようか悩んでしまいます」

「私は、あなたの仕事がどんなものかは分かりませんが、生活そのものや持病《じびょう》の治療に意識が回らないほど、仕事があなたを毒しているのなら、そのまま耐えていては駄目だと思いますよ」

「耐えていては駄目ですか？」

「なにかを変えなければならないときだということです。生き方か、仕事に対する態度か、周囲に対する態度か、生活そのものか……。あなた、北見先生に叱られませんでしたか？」

「それが……、この前の診察で厳しく言われました。だから、今日も少しここに来るのは憂鬱《ゆううつ》でした」

「あの先生は人の好い先生ですよ。必要だと思ったから叱っているのです。治療に対する態度を通して、あなたがいま抱えている問題に目を向けてほしいと思っているのかもしれません。一生涯、目薬を決まった時間に差し続けるなんて、めんどくさいことは、慎重で正確で丁寧な生き方を志す人間にしかできません」

「やはり、マスターにとっても目薬はめんどくさいですか？」

「もちろんです。一日も欠かさず、どんなときも目薬を決まった時間に差し続けるのは、難しいことです。でもね、丁寧に生きる価値はあります。正確に目薬を差し続ける価値もあります。人生というのは本質的に手作りです。自分の手と心で作っていくものです。私にとっては、それはコーヒーを淹れることですが、ここの先生にとっては患者さんを診ること、あなたにとってはなにか？　少なくとも目薬を差すことはその一つに入ると思います。自分の光を守ることには価値があります。人生を形作るのは、自分の手と行いです。自分の手で積みあげてきたものは、形は変わっても、その手触りは消えていったりはしないんですよ」

「人生の手触り、ですか」

「丁寧に生きようと思うことで、変わっていくものはたくさんありますよ。要らぬおせっかいですが、同病の先輩として、私からのアドバイスです」

門村さんは、少し驚いたようで、じっと三井さんを見ていた。それから、すぐに思い出したように「ありがとうございます」と頭を下げてから、黙り込んでしまった。それからしばらくして、

「私も、音楽をしていたんです」

と話し始めた。三井さんは、門村さんに視線を向けてじっと話を聞いていた。

「ですが、結局、プロとしてやっていくには、なにかが足りなくて、今はオフィス機器会社の営業をやっています。お店に伺っていたのも、あの場所で音楽が聞きたかったからです。ですが、音楽を聞いていると、喜びと苦しみが同じくらい湧《わ》いてきます。かつて大好きだったものが、自分に深い傷をつけていることに気付きます。それでもそこから離れられなくて。自分を誤魔化《ごまか》しながら生きて、ただただ惨《みじ》めで」

「スピーカーの前でリズムを取って、指を動かして、何時間も音楽に耳を澄ませておられたので、音楽がよほど好きか、元ミュージシャンの方なのだろうなあと思っておりました。ピアノですか」

「そうです。ピアニストでした。マスターもですか」

「ええ。先日少し話しましたが、私は緑内障になってミュージシャンを辞めました。ある日、ステージの上に立つと、自分を照らしているスポットライトのすべてに、丸い虹が出て、目を

開けていられなくなって、激しい頭痛が起きて、その場に崩れ落ちました。それが私のミュージシャンとしての死です。ですが、私は店を持ちコーヒーを淹れることで生き返りました」

二人の間に、ほんの少し沈黙が続いた。二人だけが感じることができる切ない時間だった。喪《うしな》われた音に耳を澄ましている、そんなふうにも見える沈黙だった。

「あなたがもし、こらえきれないくらい胸の痛みを感じておられるのなら、それを治す方法は一つしかありません」

と三井さんは言った。

「どんな方法ですか」

門村さんが彼に訊ねたとき、剛田さんが門村さんを呼んだ。彼は名残惜《なごりお》しそうに立ちあがった。

「良かったら今日の夜、店に寄ってください。大丈夫ですか」

「大丈夫です。仕事が終わったら夜にお店に伺います」

そう言って検査室に入った。僕も盗み聞きをやめて急いで検査室に戻った。三井さんから受け取った言葉を門村さんがどう捉えるか、期待していた。

今日の夜、ブルーバードでなにがあるのだろう。


「おはようございます。こちらに座ってください」

と、僕は大きな笑顔を作り、門村さんに言った。眼圧計の前に移動してもらうと、彼は初めて眼圧計を見た。そして、

試し読み

「青山君、力を抜きなさい」

静かな口調だった。

「力を入れるのは誰にだってできる、それこそ初めて筆を持った初心者にだってできる。それはどういうことかというと、凄くまじめだということだ。本当は力を抜くことこそ技術なんだ」

力を抜くことが技術？　そんな言葉は聞いたことがなかった。僕は分からなくなって、

「まじめというのは、よくないことですか？」

と訊ねた。湖山先生はおもしろい冗談を聞いたときのように笑った。

「いや、まじめというのはね、悪くないけれど、少なくとも自然じゃない」

「自然じゃない」

「そう。自然じゃない。我々はいやしくも水墨をこれから描こうとするものだ。水墨は、墨の濃淡、潤渇《じゅんかつ》、肥痩《ひそう》、階調でもって森羅《しんら》万象《ばんしょう》を描き出そうとする試みのことだ。その我々が自然というものを理解しようとしなくて、どうやって絵を描けるだろう？　心はまず指先に表れるんだよ」

僕は自分の指先を見た。心が指先に表れるなんて考えたこともなかった。


（文庫版『線は、僕を描く』P82～P83より）

「これで眼圧が測れるんですね」

と、独り言のように呟いた。僕は、「ええ、そうですよ」と顎台を調節しながら答えた。モニターを覗くと巨大な目がモノトーンで映し出されて、動いている。ホラー映画のジャケットのような画像だ。キョロキョロと動いている瞳は不安そうだ。

いつもより瞬きが多い。右手で操縦桿《そうじゅうかん》のような黒い棒を操作し、棒の上についているボタンに手を載せた。このボタンをトリガーのように押し込めば、門村さんの目に空気が射出される。狙いは合った。僕は、

「まっすぐ、見ていてくださいね」

いつもと同じ注意をして、ボタンを押したのだけれどエラーと画面に表示された。眼圧が高いのでエラーが出たのかも知れないと思い、モードを切り替えて、測定し直した。もう一度、プシュッとやると目を閉じてしまった。それから、三度目でやっと眼圧が測れた。門村さんらしくない検査の流れだった。顎台から顎を外してもらうと、門村さんは初めて、

「野宮さん、これって数字が出るんですよね。幾つですか?」

と、訊ねた。僕は門村さんに名前を呼ばれたことに気付いた。不安そうな門村さんの瞳を見て、答えるべきかどうか悩んだ。正確な数字を伝えたとして、それはどんな言葉に変わるのだろう。僕にはそれは判断できなかった。

「先生にお訊ねください」

悩んだ末、丁寧に伝えた。僕は冷静であることを教えられていた。彼の瞳を見ていると、僕

が簡単に検査結果を伝えるべきではない、と思えた。

「良くないですか」

彼は目を細めた。僕は、少し難しい顔をしてしまったがなにも答えなかった。その代わり、

「目薬差してますか」

と訊ねた。門村さんは唇を尖らせた後、黙ったまま質問には答えず、別の質問を口にした。

「眼圧ってそもそもなんですか」

僕はその言葉に驚いたけれど、細かい説明は省いて、

「目の硬さのことです。硬すぎると視神経を圧迫して視野の欠損が進みます」

と、簡単に答えた。

「まずいですね」

「まずいです。注意してください。次はこちらにどうぞ」

と、門村さんを促して次々に検査を進めた。

門村さんは、大人しかった。

視野検査の結果が前よりも悪くなっていませんようにと願いながら、ハンフリー視野計で検査を行った。だが、検査結果を見るとなんとも言えない気持ちになった。僕はそれを北見先生のところに持って行き、門村さんを案内した。

門村さんは、なにか特別な治療法や言葉を掛けられることを期待していたみたいだけれど、北見先生はいつものように、

「目薬を差してください」

と、それだけ伝えた。門村さんは、

「すみません。他になにか治療法はないんでしょうか？　最近、物にぶつかったり、階段とかが怖くなってきたのですが」

と、少し冷たい声で訴えた。北見先生は、首を振った。

「以前にもお伝えしましたが、失われた視野を回復する治療法はありません。根治《こんち》することはない病気なので、前に申しあげたように気長につき合っていくしかないのです」

「そうですか。つき合っていく……、ですか」

門村さんは食い下がってきた。北見先生は、気の毒そうに門村さんを見つめた後、首を振って、緑内障の説明をもう一度丁寧に行った。そして最後に同じ言葉をつけ加えた。

「残念ですが。残された視野を温存していくために、時間と回数を守り、絶対に目薬は差してください」

そう言われて門村さんは、北見先生を見た。決意に満ちた瞳だった。

「これからよろしくお願いします」

北見先生は、力強く頷き、

「いつも、これからが大事なんですよ」

と言った。門村さんに、伝わっただろうか。彼は納得したように頷き、瞬きをした。

門村さんの治療は、ここから始まるのかも知れない。

その後ですぐに三井さんの検査になった。いつもと同じ検査を一通り済ませて、眼圧の数値が以前とまったく同じだったのでホッとしているようだった。

一日は瞬く間に終わった。僕は、今日の二人の会話が気になって、ブルーバードに向かった。午前中から降り始めた雨は、いつの間にか大雨になっていた。病院に備え置きしてある真っ黒の傘を無造作に手に取り裏手から出た。通勤用に使っている自転車は病院に置いておくことに決めた。

雨のせいで急速に影が濃くなっていく。暮れていく住宅街を進み、水たまりを避けながら早足で歩いた。

背の高い垣根のある家の角を曲がろうしたとき、突然、風を切る大きな音がした。視線を向けた瞬間にスリップ音が響き車が僕に向かってまっすぐに突進してくるのが見えた。心臓が一瞬、聞いたこともないような大きな音を立てた。

頭は妙に冴《さ》えていて、これは助からないな、と、どこか諦めたように眺めていた。タイヤと地面の擦《こす》れる音が耳障《みみざわ》りなほど大きくなり、鼓膜《こまく》に痛みを感じるほど鳴り響いたとき、車は僕の数センチ手前で止まった。それが僕と死までの距離だった。不思議なことに、自分自身の無事を確認した瞬間に頭が真っ白になった。身体の中を暴風のようになにかが通り抜けた。耳の奥で、僕の身体そのものが脈打っているのが聞こえた。立ち尽くしていると、運転席から、見慣れた顔が出てきた。

駆け寄ってきたのは、門村さんだった。僕は大きく息を吐いた。

僕は死ななかった。

死んでいないと分かってからやっと、車は真っ黒なセダンタイプで、靴下の中まで雨水が染《し》み込《こ》んでいるのが分かった。

僕が立ち尽くしていると、門村さんが、

「事故を起こしそうになった後、こんなことを言うのも気が引けるのですが……」

と、前置きして、

「良かったら、乗りますか」

と、彼は言った。僕は反射的に首を横に振りそうになった。けれども、彼の不安そうな顔を見ていると、断る気にもなれなかった。迷っていると、後ろから車がやってきて、僕らを照らした。車は道路の真ん中に停車している。僕は慌てて、助手席に乗り込んだ。彼も運転席に戻った。

「とりあえず、出します」

と、シートベルトを締めようとするけれど、カチャカチャと何度もベルトを鳴らすばかりでうまくいかない。背後の車からクラクションが鳴っている。僕は慌てて車のハザードランプを点けた。すると、背後の車はゆっくりとバックして、どこかに消えた。車内は急に暗くなった。ハザードの点灯を示すカチカチという音だけが無言の車内に響いている。門村さんは、シートベルトを締めるのを諦めて、両手をハンドルに置いて目をきつく閉じた。

「ああ、もう……」

と、嗚咽のような震える声で言って、ハンドルを軽く叩いた。彼は、光の入らない世界に逃げ込んでしまった。手だけではなく、肩まで震え、打ちつけられて泣いているかのように縮こまっている。慰めが必要だ。そして、助けも必要としている。それだけが、分かった。

僕は車内灯のスイッチを手探りで見つけ、明かりを点《とも》した。門村さんの頰に涙が伝い、輝いていた。残酷な光だなと思わずにいられなかった。

彼はなんとか震えを抑えて、瞼を開けて、前を向いた。その瞳が、また少しだけ絶望に沈んだ。見えないという事実を、また見てしまったのだ。彼は、なにかに気付いたように、電柱の上に設置されている外灯を見て、目を細めた。なにかを注視している。僕も同じ方向を見てみた。けれども、そこにはなにもない。

「どうしたんですか」

と、僕が訊ねると、

「虹が見えます」

と言った。

「虹の輪です」

暗い言葉だった。

「大丈夫です。少し休んで。目を閉じていてください」

と僕が言った。また前方から車が来た。こちらのハザードランプに気付いたようだが、車はクラクションを鳴らしながらこちらに近づいてきて、脇をすり抜けた。車は軽自動車だった。痛々しいほど大きな音が過ぎ去った後、僕は、

「このまま、ここに車を置いておくわけにはいきません。大変だとは思いますが、僕が誘導するので、車を動かしてもらえますか？　今度は僕もしっかり見ていますから」

と伝えた。門村さんは、無言のまま何度か頷き、ブレーキを踏み、エンジンを掛けた。車が音を鳴らした瞬間に、彼の肩は一度震えた。それから、息を吸い込んで、グッと止めてから、じっと前方を見つめていた。生唾《なまつば》を飲み込む大きな音が聞こえた。

「どこまで行きますか」

と、僕が訊ねると、

「ブルーバードまでです」

と、彼は答えた。僕は頷き、

「行きましょう」と声を掛けた。

「行きます」と、門村さんは緊張した声で言った。

「大丈夫です。なにもないです」

と、声を掛けて進み始めたとき、ハザードがついたままだと気付いて、「あっ」と声をあげた。その瞬間、門村さんは急ブレーキを踏んだ。僕は衝撃で前のめりになった。彼は過呼吸のときのように肩を揺らしていた。しばらくして、彼の緊張が収まってから、

「すみません、ハザードがついていたんで……」

と、僕は謝りながら、エアコンの送風口の間にあるハザードのボタンを押した。彼はやはりなにも言わなかった。ただ怯えていた。カチカチという耳障りな音が消えて、ボンネットを叩く鈍い雨音だけが響いていた。

「すみません」

と、彼はもう一度言った。それから黙り込んだまま、車を発進させた。ブレーキペダルから足を離しただけのノロノロとした走りだった。徐行よりも、さらに遅い。それがいまの彼の全速力だった。今はもう、雨音でさえ、彼を責め立てているかのように思えた。

僕は彼の「すみません」がなににについての謝罪だろうと、考えてみた。けれども、すぐにそこに答えがないことが分かった。それは、彼がいま世界に向けて放つことができる唯一の言葉だったのだろう。呟きのようでもあり、嘆きのようでもあり、雨音のようでもあった。

ただ、どこまでも落ちて流れていく、そんな言葉だった。

カウベルを鳴らし重い扉を開けて、ブルーバードに入ったときも、門村さんは震えていた。轢《ひ》かれそうになった僕の方が冷静で、彼の視線はありもしないなにかを探すように小刻みに動き、怯えていた。店内にお客さんは誰もいなかった。

僕らを見た三井さんが、

「二人ともずぶ濡《ぬ》れで、どうしたんですか」

と心配そうに訊ねた。僕は門村さんをカウンター席に着かせて、事情を説明した。三井さんはなにも言わず、コーヒーを二杯出してくれた。飲み終わるころには少しずつ落ち着いてきた。門村さんはじっと目を閉じていた。やがてカップを置くと、

「見えなかったんです」

と、話し始めた。僕たちは静かに彼の話を聞いていた。

「見えていないと思って注意していた場所に、突然、人影が映って、慌ててブレーキを踏みました。正直間にあわないって思いました。雨のせいで視界が悪くなっていたというのもあるのですが、それだけじゃなく見えなかったんです」

「左目の下の方ですか」

と、僕が訊ねると、彼は頷いた。僕と目が合った三井さんは小さく首を振った。責めないであげてほしい、という合図だろうか。

「もうなにもかも自信がなくなってしまいました。野宮さん、本当に申し訳ありませんでした」

僕は首を振った。

「頭をあげてください。僕は結局無事でした。これから、いまのご自分の状態を認識して、注意して生活してください。僕も死ぬかもと思いましたけど、いま生きていて、二人とも無事でした。今日、僕らは運が良かったんですよ」

門村さんは顔をあげた。彼の瞳に涙が溢れた。三井さんは、

「なにかを変えなければいけないタイミングが来たんですよ」

とだけ言った。彼はただ耳を澄ませていた。

「今日は、あなたにライブの提案をしようし思っていたのです」

門村さんは顔をあげた。

「ライブですか」

「愛するものによってつけられた傷を癒《い》やすのは、愛するものだけです。ほんの少しでも音楽に携《たずさ》わることができれば、少しは気持ちも楽になるのではないかと思ったのです。でも、それを提案するのは今日ではなさそうですね」

彼は三井さんを見つめたままなにも答えなかった。駄目だと思ったのだろう。僕は暗く沈んでいく門村さんの瞳を見ながら、彼は立ち直れなくなるのではないかと思い始めた。

彼の悲しみや苦しみを感じることはできないけれど、その瞳がどれほど暗い現実を見つめているのか、僕には分かった。

「弾《ひ》いてみたらどうですか。僕も聞いてみたいです」

と、彼に呼びかけた。彼は意外そうな顔をして僕を見ていた。しばらく考えた後、彼は立ちあがり、

「では……」

と、言ってピアノの前に座った。

「調律してすぐだから、綺麗な音が鳴ると思いますよ」

と、三井さんは言った。門村さんは真剣な表情で頷いて、蓋《ふた》を開け鍵盤《けんばん》に指を置いた。最初

の一音を待っていたけれど、それが店内に響くことはなかった。彼はピアノの前方にあるスポットライトを見ていた。彼の指先はずっと震えていた。

「虹が見えます。あの虹が怖くなってきました」

それから、

「弾けません」

と門村さんは言った。

「私はもう、どうしたらいいのか分からなくなりました」

と、ポツリと言って、鍵盤を見つめていた。

窓ガラスを叩く雨の音だけが相変わらず響いていた。雨音が彼を追いかけていた。


門村さんが病院にやってきたのは、三日後のことだった。

彼は来院の予定を大幅に前倒しにして、診察終了間際、突然現れた。何事かと聞くと、開口一番、

「左目が、ほとんど見えないんです」

と、憔悴《しょうすい》しきった様子で訴えた。目の下の隈は濃く、頬はそげ落ち、肌は以前よりも青白く見える。

「見えないというのは、どんな感じで？」

「真ん中がぼんやりして、ぼやけていて、色もあんまりはっきりしなくて歪んで見えます。セピア色のような感じで。私の目はこのまま見えなくなるのでしょうか。目薬はあれからきちんと差していたのですが、こんなにも一気に見えなくなるものなのでしょうか」

僕は彼の左目を見つめながら、ゴクリと唾を飲み込んだ。緑内障がそんなにも急激に進んだとは考えにくい。けれども、黒っぽく歪んで、物がはっきりと見えない、という症状はただごとではない。

門村さんにとって辛いことが、連日のように起こっていた。慰めの言葉は浮かばなかった。ここは病院で、今いる場所は検査室だった。同情するのは、僕の仕事ではなかった。僕はここで、彼のために、『僕の仕事』をしようと思った。暗闇を覗く瞳の影を打ち消すように、僕は笑顔を作った。思いついた言葉は一つだけだった。

「検査してみましょう」

はっきりとそう伝えると、彼はようやく、不安から目を逸らしてくれた。この場所で最優先で求められていることだった。僕は自分のなすべきことに集中していった。

屈折度、眼圧、視力の中で、顕著《けんちょ》に良くない数字を示しているのは視力だった。確かに見えていない。ギリギリ視力が測れるが、いつものような数値ではない。

北見先生にカルテを持っていくと、診察が始まった。

「今日はどうされましたか」

と、先生はいつもよりも優しく訊ねた。門村さんは、僕にしたものと同じ説明をした。彼は弱り果てていた。説明を聞いて、先生が検査を始めた。一通り調べた後、門村さんは一度診察室から出され、広瀬先輩が呼ばれた。なにやら二人で話をしている。

「あれを使うなら、野宮君がいいと思いますよ。今のうちに、ああいう機材を使うことも覚えてもらう方が、これからのためになります。機械ってどんどん進歩しますから、新しい機械にも慣れた方が絶対いいです。大丈夫、さすがに彼でも壊したりしませんよ」

「それなら、野宮君に頼もうかな。広瀬君も後ろで見ていてもらえる？」

「分かりました」

と、声が聞こえた後、呼び出された。

「野宮君、あれやってみようか」

と、先生は問いかけた。あれ、とはなんだろうと、言葉の意味を捉えようとしたときに思いついた。

「あれですね」

「あれだよ。こういうときこそ、やってみるといいんじゃないかな？　野宮君の勉強にもなるし。同じ機械でOCTも撮れるから一緒にやってみて」

僕は新型の超広角眼底カメラを扱う許可をもらった。

恐る恐る機械の電源を入れた後、検査自体は十分も掛からずに終わった。

僕はモニターに映されたこれまで見たこともない鮮明な画像に、驚いていた。色分けされた網膜の画像は、まるで、超高性能の天体望遠鏡で撮影された銀河のようだった。人が外界から取り入れた光を投影されるべき場所を撮影した一枚の画は、あまりにも美しく、瞳の奥にある秘密の部屋にもまた宇宙が隠されているように感じた。

親指の先よりも小さな場所に集められた光が、無限の世界を認識させる。そのことを僕はいま一枚の画を通して理解し、生命の神秘ともいえるものを覗き見たような気がしていた。

だが、その画像の中に、門村さんの病巣《びょうそう》もしっかりと記録されていることも、もう片方の冷めた視点で確認していた。この画像を、先生に見てもらえればきっと先生は答えを導き出してくれるはずだ。

「どう?」

と、先輩は僕に訊ねた。

「びっくりしました。言葉にできないです。こういうふうに撮れるって分かっていても、驚きました」

と正直に答えた。

「この仕事を続けていると、そんなびっくりはたくさんあるよ。十年経つと常識が覆《くつがえ》ってる、みたいなことが当たり前にある。学ぶことは尽きないよ」

「本当にそうですね。頑張ります」

と答えて、先輩に目を向けると、彼女は微笑んで、僕の肩を軽く叩いた。

「突然、どうしたんですか」

と僕が訊ねると、

「なんでもないよ」

と言って、先輩は持ち場に戻った。なんでもないよ、という言葉が嘘なのだということには気付いていた。けれども、それがどんな意味なのかは分からなかった。

門村さんはもう一度、診察室に入った。診断の結果は、中心性漿液性脈絡網膜症《しょうえきせいみゃくらくもうまくしょう》だった。

先生は病名を告げた。

「それはなんですか？」

「平たく言えば、網膜の一部に水がたまる病気です。網膜というのは、カメラで言うところのフィルムに相当する部分です。たまった部分に網膜剥離《もうまくはくり》のような状態が起こります。その部分が歪んだり、黒っぽく見えたり、暗く感じたりします。それと緑内障の視野欠損が重なって、左目が見えなくなったと感じていらっしゃるのでしょう」

「私の目は、一生このままですか？　この病気は治るのでしょうか」

彼は真剣な目で訊ねた。

「治りますよ。だいたい四ヵ月から六ヵ月で」

そう伝えると、彼は大きく目を見開いた。それから小さな声で、「良かった」と呟いた。けれどもすぐに、

「そんなにかかるんですか」

と、先生に問い直した。先生は、

「ええ、だいたいそのくらいで寛解《かんかい》していきます」

と冷静に答えた。彼はがっくりと肩を落とした。何度も瞬《まばた》きした後、先生に質問を続けた。

「なにが原因なのでしょうか？　やはり緑内障の治療を真面目にやらなかったことでしょうか」

「いえ、眼圧は下がっているし、目薬は差していますね」

先生は穏やかに訊ねた。彼は、

「はい、今は欠かさず差すようにしています」

と答えた。先生は、満足そうに頷いた。少しホッとしているようだった。

「この病気は、たいていの場合、過労や睡眠不足、ストレスで起こります。最近、ストレスを感じることや環境の変化などなかったですか」

彼はその言葉を聞くと、眉間《みけん》にしわを寄せて、口をへの字に曲げたまま、視線を下げた。身体から力が抜け落ちていくのが見えるようだった。

「最近、ずっと眠れませんでした。数日前、車の事故を起こしそうになってからは特に。私の仕事は得意先に車に乗って移動するのですが、緑内障で自分の目に見えない場所があるのだと気付いてしまうと、とにかく仕事をするのが怖くて……。ほかにも病気のことや将来のことを考え始めると、ここ一週間ほとんど眠らずに出勤していました」

静かな彼の言葉を聞くと、先生は「そうですか」とゆっくりと呑み込むように答えて、

「現在、左目は、いつものようには見えていない状態です。車の運転はお勧めできませんね」

「では、私はどうしたら。それでは仕事ができません」

先生は、優しい声で、

「門村さん、この病気を治す一番の方法は、心と身体をリフレッシュさせることです。要は、休養です。ストレスの原因を見つめ直し、対処していく必要があります」

「ストレスの原因に対処……、ですか」

「ええ。現状では、腫《は》れが引いていくのを待つ、というのが一番いい方法だと考えます。しばらく様子を見ましょう。見たところ、お疲れのようでもあります。リラックスできる場所や時間を作ってくださいね」

門村さんはすがるように、先生を見つめた。けれども先生からの言葉はそれで終わった。

彼は疲れ果てた身体を持ちあげ、椅子から立ちあがると、検査室をノロノロと出ていった。

去り際に、僕が「お大事に」と声をかけると、少しだけ微笑んで、

「これから、コーヒーを飲みに行こうと思います」

とだけ言った。僕は、彼を放っておけなくて、

「僕も後で行きます」

と、反射的に答えた。彼は、

「ありがとう」

と、言った。聞き取れないほど、微かな声だったが、確かにそう言った。

ブルーバードに着くと、三井さんと門村さんはカウンターを挟んで向かい合ってコーヒーを

飲んでいた。扉には閉店を示す札が掛けられていた。二人はただ黙って音楽を聞いていた。いつもよりも音が大きい。

耳を澄ませると、軽快なトランペットの音が響くジャズだった。細やかで柔らかいノイズが音楽と一緒に聞こえてくる。僕が入っていくと、

「いらっしゃい」

と、三井さんは笑顔を向けてくれた。

「いい音ですね」

「門村さんの話を聞きましてね。お客さんも少ないし、今日はお休みにして、ひたすらレコードを聞こうって話をしていたんですよ」

三井さんがそう言うと、門村さんは、

「下手な慰めより、こっちの方がいいだろうってレコードを掛けてくださったんですよ」

と言って力なく微笑んだ。

レコードが終わると、三井さんはレコードを裏返してまた盤の上に針を置いた。僕も二人と一緒に音楽に耳を傾けていた。ジャズのことなんてなにも分からなかったけれど、特別な時間を過ごしているのだと感じることができた。

二人は目を閉じていた。なにもかもを忘れるように彼らは音に浸り続けていた。彼らが抱えている視野の喪失は、この音の中では、彼らを苛《さいな》むことはできない。

音楽が終わり、スピーカーから演奏の終わりを告げる雑音が流れ始めると、三井さんは針を

あげてからレコードをジャケットの中に戻した。僕は、門村さんの瞳を見つめた。目を開けたとき、彼が自分の視界に失望していることに気付いてしまった。なにかがふっと彼の中から消えていくような気がした。

「弾いてみたらどうですか?」

と、言うと彼は、顔をあげてこちらを見た。

「いいえ。私には遠い世界です」

そう言って、また視線を逸らした。

「僕は楽しさで仕事をしていません」

彼はなにを言われたのか、分からないというような表情で、こちらを見た。やがて、以前自分が質問したときの答えだと思い出したようだった。分かっている、というような寂しい目をした。

「でも、自分にとって一番価値があると思えることをやっています。それが僕自身を生かす一番の方法だと信じています。自分を信じて検査をしています」

と、伝えた。

「僕は、よく失敗します。いまだに機材にぶつかるし、手順を間違えるし、先輩にも先生にも叱られることもあるし、手際が悪くて患者さんに文句を言われることなんて日常茶飯事《さはんじ》です。でも、僕は向き合い続けます。馬鹿みたいにただ毎日、向き合い続けることでしか変わらないことがあると思うから……」

彼は僕を見つめていた。目が合うと、ふっと表情を緩めて、

「なんだか気分が落ち着いてきました。今なら弾けるような気がします」

と、言った。三井さんは、どうぞ、と彼を促した。彼はゆっくりとピアノの前に歩いていき、椅子に座った。おもむろに蓋を開けて、鍵盤を撫でた。指を構えて、鍵盤を押し込もうとする。彼は力を込めた。けれども、鍵盤に触れようとした瞬間、身体が硬直していた。彼は驚いて、鍵盤を見つめたまま動けなかった。それから、両手をじっと見た。失われたものを確かめるように、虚空《こくう》を握っていた。

「弾けませんか?」

と三井さんは訊ねた。門村さんはなにも答えなかった。ため息とよく似た呼吸だけが店内に響いているだけだった。

「なぜ、楽器を演奏するのか。なぜ、もうすでに分かっているはずの自分の心をなにかに変えたいと思うのか」

三井さんは、独り言のように話し始めた。そして、カウンターの上に置いた黒いケースを開き、トランペットを取り出した。左手で軽々と持ちあげたトランペットを切り離された身体の一部のように眺めていた。

「なぜ、自分は生きているのか。なんのために、ここにいるのか」

右手でマウスピースを取り出した三井さんの視線は少しずつ細くなり、光を帯びていた。

「考えても分からないのなら、弾いてみたらどうですか?」

門村さんは、ハッとしたような表情で三井さんを見た。彼はカウンターから出てきて微笑み、トランペットを構えた。

「あなたを見ていると、私の方が鳴らしてみたくなりました。気が向いたら、あなたもどうぞ」

そして、突然、店内にトランペットの音が響いた。くぐもった深い音が店内に響いた。バラードだった。構えられたトランペットは、彼の姿勢の中にぴたりとはまっていた。ぼやけていた像が、焦点を結ぶように、三井さんの本当の姿がそこにあらわれた。

その音色に驚いた。それはさっきまで、レコードで聞いていたトランペットの音色と同じものだったからだ。彼の頬が魂と同じくらい膨《ふく》らんでいた。

門村さんもその音に気付き、目を見開いた。その後、震える手を止めて、ゆっくりと目を閉じた。全身で、鍵盤に力を載せて、三井さんが奏《かな》でるバラードのテーマをなぞった。

美しい旋律が相互に重なり、補い合い、音楽が生まれた。ゆっくりとしたテンポで三井さんの深みのある音が、音楽をリードしていく。門村さんの伴奏に支えられて、控えめなソロが終わり、ピアノの番になった。

音楽に疎《うと》い僕にも、門村さんの中で、押さえつけられていたなにかが解き放たれていくのが分かった。彼の抱えていた苦しみや悲しみが音色を通し響き渡り、それは右手と左手の運動によって昇華されていった。バラードに花を添える右手の語るような旋律の口数は少ない。けれども語るべきことは確かに語る。そんな音だった。

ピアノのことはまるで分からない。けれども、それは、間違いなく門村さんそのものなのだと思えた。その演奏は、彼自身を携《たずさ》えていた。それはきっと、彼の中に最初から存在していた世界だったのだろう。病院に来る度に、不満そうに検査を受けていたあの門村さんと同じ人物が演奏しているとは到底思えなかった。迷いなくピアノに向かっている彼こそが、きっと本当の彼なのだろう。

演奏を続けるうちに、僕はどんどん彼の演奏に集中していった。彼の瞳の色が変わっていく。全身全霊でなにかに打ち込んでいる人の眩しいほどの輝きがそこにあった。

音の粒《つぶ》の多い華麗な演奏ではない。右手だけで訥々《とつとつ》と語る切実なピアノの調べが、僕を震わせていた。それは薄暗い雨の日に聞く、雨音のような心を濡らす音だった。

同じテーマに戻ってきた後、二人の演奏は終わり、門村さんは最後の一音を自分の心の内側に押し込むように鍵盤を鳴らした。僕はたった一人で、大きな拍手をしていた。

門村さんは立ちあがって、三井さんを見た。

「あなただったんですね、あのレコードの演奏」

と、彼は言った。三井さんは楽器を構えたまま微笑んでいた。

「サイドメンとして、ほんの少しだけ参加した名もない演奏者ですよ。誰も私のことなんて知らない。でも音楽を愛していたのは本当です」

トランペットを携えた三井さんの瞳には熱がこもっていた。

「音楽をやめる苦しみは、私にも分かります。私もいま、二十数年ぶりに演奏して、自分の一部が戻ってきたような気がしました。妻とこの店を二人で切り盛りしていたときのことをあざやかに思い出しました。あなたはどうですか」

門村さんは視線をあげて、

「私も自分が夢中になって生きていたときのことを思い出しました。音楽と関わって辛い思い出も多かったはずなのに、もう思い浮かびませんでした。さっきよりも静かな気持ちです」

と言った。門村さんの瞳は、怯えてはいなかった。

「それが答えなんですよ」

そう言った後、三井さんはトランペットをケースに戻した。

「マスターはもう吹かないんですか？」

「私は、緑内障がひどくなるかもしれないので。眼圧があがるような気がしてしまうのです。それにね、吹いてみて分かりました。いまは、演奏することよりもコーヒーを淹れることを愛しています。妻と二人で始めたこのお店を続けていくことが私のすべてです。私は、音楽をやめて良かった。でもね……」

と三井さんは言って目を細めた。

「あなたは、音楽をやめない方がいい。あなたは私とは違う」

と、門村さんに言った。

「ありがとうございます」

と、門村さんは三井さんに近づいていって握手を求めた。三井さんもそれに応じた。三井さんは、門村さんの向こう側を見て、また目を細めた。

「今日は、久しぶりに虹が見えます」

と、言った。彼は振り返り、

「私にも見えます。なんだか今日は暖かい色に見えますね。不思議です。少し前まで、あんなに怖くて冷たいものに見えていたのに」

彼らは二人にしか見えない虹を眺めていた。僕は門村さんが見つめている景色の意味が、虹と同じように少しずつ温かく変わっていけばいいなと思っていた。

翌月、三井さんは、検診の終わりに、

「先生、良かったら今日の夜にお店に食事に来ていただけませんか」

と切り出した。

「構いませんよ。突然、どうされましたか?」

「今日は久しぶりに、ライブをしようと思っています」

「へえ、何年ぶりでしょうか」

「妻が亡くなってからなので、もう十年ぶりです」

「どんな方がライブを?」

「最近、脱サラして、しばらくの間店を手伝ってくれることになった新しいスタッフのライブです。この先どうなるのか、まだまだ分からないですが、音楽がないと生きられない人種です。良いピアノを弾きますよ」

「では、夜」

「良かったら。病院の皆さんも。人手もあるので、久しぶりにハンバーグを出します」

「本当ですか？　ブルーバードのハンバーグは久しぶりですね。そりゃ楽しみだ」

先生の瞳は、ハンバーグという単語を聞いた途端に輝き始めた。

先生の期待に満ちた瞳の輝きとは対照的に、三井さんの瞳はコーヒーを淹れているときのように澄んでいた。去り際に、

「野宮さんも、広瀬さんも、今日の夜をお楽しみに」

と言って検査室を出ていった。先輩は、きょとんとした顔をして、

「楽しみにするなって方が無理だよね」

と言った。僕もそう思った。

門村さんの生き生きとした瞳と、彼の新しい生き方が語る音色を、僕は楽しみにしていた。


夜になってブルーバードに集合すると、すでに人が集まっていた。

テーブルは満席で、北見眼科医院のメンバーはカウンターに腰かけた。こんなにもたくさんの人に、このお店は愛されていたのだ。

メニューはなく、席に着くなり、料理が運ばれてきた。今夜だけの特別メニューということなのだろう。溢れかえるほどのお客さんを給仕しているのは、どうやら、常連のお客さんのようだった。皆、久しぶりのライブの話をしていた。

僕に料理を持ってきてくれたのは門村さんだった。エプロンを着けて動き回る彼の姿は新鮮だった。

「忙しそうですね」

「ええ、大忙しです。でも、こんなにお客さんに来てもらえるって嬉しいものですね」

と、これまでで一番若々しい声と笑顔が返ってきた。お祭りのようなこの時間の中にいることを楽しんでいるようだった。

彼が差し出した真っ白いお皿の上には、コロコロと転がってしまいそうな、真ん丸い形のハンバーグが載っていた。隣にいる北見先生が、

「これは懐《なつ》かしいね〜」

と声をあげた。

「やっぱり、ブルーバードといえば、この丸いハンバーグだ。今日みたいに仕事が終わって、このハンバーグを食べるのを、すごく楽しみにしてた頃があるんだよ。あの頃は、これだけが楽しみだったなあ」

そう言いながらナイフとフォークを器用に動かす先生は、今日一番生き生きとしていた。僕も、丸いハンバーグが転がらないように、恐る恐るナイフを差し込みサクッとハンバーグを切り裂いた。中から、肉汁がハンバーグの壁をつたってお皿に落ちてくる。その光景を見たとき、目がすでに食事を始めていた。ハンバーグを頬張ると、美味しさで目が覚めた。疲れが吹き飛ぶ味というのはこういうものなのだろう。広瀬先輩も同じように感じていたようで、「生

きてて良かった」と、大げさなことを呟いていた。だが、僕もそう思った。

全員の食事が終わった頃、ライブはさりげなく始まった。

拍手と同時に照明は落ちて、スポットライトの中に、門村さんが現れた。

エプロンを外し、真っ白のカッターシャツでピアノの前に座った門村さんは、いつもより大きく見えた。がっしりとした体格に長い腕は、たいていの人がピアニストとして思い浮かべるイメージの繊細さとはかけ離れていたが、説得力があった。表情は真剣そのものだ。椅子に座り、高さを調節すると、鍵盤に指を載せて、瞳を閉じた。彼の人生を曇らせる視野そのものを消し去って、指を構えたまま大きく呼吸をした。

息を吸い、吐いたときに、音は始まった。

最初の一音が鳴ったとき、三井さんは満面の笑みを浮かべた。そして、演奏が始まった。三井さんはステージにいる彼を優しい瞳で眺めていた。それから、一人一人のお客さんの顔を見つめて、遠くにあるものを引き寄せるように、目を細めた。

三井さんの瞳が、ほんの少しだけ潤んでいた。じっと見つめていなければ、分からないほど微かになにかが溢れていた。僕は、傍にいた彼に、

「いい景色ですね」

と話しかけた。彼は、

「こんな日を待っていました。私がいつまでも見ていたいものは、これです」

と、穏やかな声で言った。

僕がその瞳から感じたのは、幸福だった。
ずっと願っていたものを叶え、見つめているような、そんな幸福だった。

第4話

面影《おもかげ》の輝度《きど》

午前中の患者さんもいなくなり、思いきり背筋を伸ばすと、身体中がボキボキと鳴った。その音を聞きつけた広瀬《ひろせ》先輩に、

「最近、運動不足なんじゃない？」

と言われた。そうかもしれないけれど、一日中ほとんど立ちっぱなしで仕事をしているのに運動不足になるのだろうか、と訝しんだ。

「この仕事、目と腰に来ますね」

「仕事でクタクタになって運動不足になるのも分かるけれど、仕事でしか動いていなかったら身体中ガタが来てしまうよ。私たちの仕事って偏った動きしかしないからね」

そう言われれば、検査室の中では腕を使うか、検査器具を避けて歩くか、広瀬先輩のために極端に重い機材を動かすかしかしていない。確かに身体のバランスが悪くなりそうな気はする。思いついたときに、家でバーベルをあげる程度では足りないのかもしれない。

「仕事に慣れてきたら、長く続ける方法も考えないとね」

と話していたとき、午前の診察に滑《すべ》り込《こ》みで患者さんがやってきた。広瀬先輩は検査室に彼

女を招き入れた。加齢黄斑変性《かれいおうはんへんせい》の倉田《くらた》さんだ。検査室の扉を開けると、柔らかな声で、

「広瀬さん、野宮《のみや》さん、こんにちは」

と声を掛けてくれた。僕は、彼女に挨拶をした。中心視野では、こちらが見えていないからだろう。視線を別の方へ向けて笑顔を返してくれた。

「お昼、先にとっていいよ」

先輩はそう言って検査を始めている。僕は会釈して検査室を出た。

更衣室で、もう一度、肩と首をボキボキといわせ、身体に蓄積された疲労感を確認していた。このままでは駄目だ。午後からは予約で埋まっていて、さらに忙しくなる。

どうにかして、気分を変えようと、お昼ご飯を外で食べることを思いついた。これはもうブルーバードに行くしかない。

病院の外に出ると、ドライアイで診察に来ていた谷口《たにぐち》さんが花壇の前をうろうろしていた。若い女性の患者さんだ。声をかけると、調剤薬局の場所が分からないらしい。場所を訊ねられたので、近所の持木《もちぎ》薬局の前まで一緒に行くことにした。歩いて三分もかからない場所だが、病院の裏手にあり気付きにくい。薬局を見つけ、僕も一緒に自動ドアをくぐった。実は数えるほどしか、ここには来たことがない。春先の研修のとき、一度案内してもらったことがあるだけだ。検査が中心的な業務である僕には、ほとんど関わりがない場所だった。

持木さんがご夫婦で営んでいる薬局で、北見《きたみ》眼科医院は、先代の頃からつき合いがあるらしい。僕も、先代の持木さんご夫婦のことはよく知っていた。毎月、緑内障《りょくないしょう》の診察に来るからだ。

「こんにちは」

と、挨拶をすると、薬局を経営している持木光彦《みつひこ》さんが、僕を見て不思議そうな顔で会釈をした。普段、ここに来ることがない検査技師が顔を出したからだ。

「迷っていた患者さんをお連れしました」

というと、なるほど、という顔をして破顔した。立ち去ろうとすると、谷口さんに、

「看護師さん、ありがとうございました」と、声を掛けられた。僕は、ちょっと違うんだけれどな、と思いながらもペコリと頭を下げた。一瞬だけ、持木さんと視線が重なると、光彦さんも苦笑いをしていた。僕が視能訓練士だということを知っているのだろう。受付のアクリル板の向こう側で、奥さんの弘美《ひろみ》さんも微笑みながらこちらを見ている。薬局を出て少し歩いたところで、「野宮さん!」と光彦さんに呼び止められた。

「父と母が午後から検診に行くと思いますので、よろしくお願いします」

「今日は午後からなのですね」

と、僕が訊ねると、

「ええ、午前中は二人でハイキングに行くと言っていましたよ」

「ハイキングですか。大丈夫ですか」

お父さんの正彦《まさひこ》さんは、認知症《にんちしょう》の患者さんだ。二人で行くということは、認知症の旦那《だんな》さんを奥さん一人が山に引っ張っていくということだろうか。

「大丈夫ですよ。ハイキングと言っても、近くの小高い丘を登って、歩き慣れた道を散歩する

くらいですから。昔から二人でよく行っているみたいです」

「そうですか。それならいいのですが。お母さん、お元気ですね」

「最近忙しくてあまり会えてはいないのですが、元気ですよ。しゃきしゃきしていますよ」

僕は笑顔で頷いて、別れた。その後、ブルーバードに向かい、ナポリタンを平らげ、美味しいコーヒーを飲んで、気合を入れてから、午後の診察に向かった。今日も門村《かどむら》さんは元気だった。仕事にも慣れてきたらしい。お皿を片手で三枚持てると自慢していた。

午後は、厄介な検査が目白押しだった。僕は袖《そで》をまくった。


検査の山場が終わり、ぼんやりと広瀬先輩の仕事ぶりを見つめているときに声が聞こえた。

「おっ、今日も広瀬さんに見とれてるのかあ、ノミー」

ベテラン看護師の剛田剣《ごうだけん》さんだ。最近、マッチョに磨きがかかってきて、三頭筋の肥大が著《いちじる》しい。丸太を抱えて山から下りてきそうな上背と体型をしているのだけれど、仕事にはその筋肉は必要ない。駆使しているのは、他の筋肉と共に鍛《きた》えあげた表情筋によるピカピカの笑顔だ。太い眉毛はとても大きく動く。剛田さんはどんな患者さんにも人気があり、特に年配の奥様に可愛がられる傾向がある。

「いえ、見とれていません。学んでいます」

「良い返しだね。広瀬さんから学ぶことはいっぱいあるものね。ノミーもあんなふうになればいいね」

「頑張ります。頑張るしかないと思います」

「いいね。今日のノミーからは輝かしいものを感じるなあ。おっ、次の患者さんが来たよ。持木さんご夫婦だ。月一の検診だね」

そう言いながら、剛田さんは、持木さんご夫婦に近づいていった。元薬剤師のご夫婦ということもあり、親近感を感じるところもある。なにより、お二人の仲睦《なかむつ》まじい様子が僕らの気持ちをホッとさせてくれる。認知症の旦那さんを介護しながら生活している葉子《ようこ》さんの優しい瞳が、僕は好きだった。お二人とも、八十を過ぎたご高齢だ。

「こんにちは」

と、大きな声で剛田さんが声をかけると、ご主人の正彦さんは微笑んで、

「ああ、ケンちゃん、これはどうも」

と、か細い声で言った。その挨拶だけでは、正彦さんが認知症だとは分からないが、それを哀しそうに微笑みながら見つめる葉子さんの表情で、僕らが見ているものと、葉子さんが感じているものが異なっていることに気付く。正彦さんと、今日お昼に会った光彦さんとは瓜二《うりふた》つだ。同じ人物の過去と未来を一日のうちに眺めているようで、不思議な気持ちになった。

正彦さんは、緑内障を患っている。今は奥さんの目や存在そのものを頼りに生きている。正彦さんは、もしかしたら、奥さんの一部なのかも知れない。少なくとも奥さんの生活のすべてではあるだろう。葉子さんは、ときどき哀しそうな表情もされるけど、基本的には幸せそうに見える。時間を重ねてからしか、現れない幸福というのもあるのではないかとお二人は思わせ

てくれる。

剛田さんは、その様子を見つめていた。

お二人とは新人の頃から仲が良く、病院の外でもつき合いがあるらしい。

「つき合いの長い北見先生とも仲が良いけれど、持木さんご夫婦は剛田さんのことが大好きなのよ」

と萱野《かやの》師長が教えてくれた。

「認知症の旦那さんを一人で介護するって、大変ですね」

と、僕が何気なく言うと、師長が「それが実はね……」と僕の肩をはたきながら教えてくれた。

「息子さんの奥さんと、葉子さんの折り合いが悪いらしいのよ。どこにでもある嫁姑《よめしゅうとめ》問題みたいなんだけれど、光彦さんのお仕事を弘美さんはちゃんと支えられてない、人の命に関わる仕事で気を抜いてどうするんだ、って言っちゃったらしくてね。それで、別居よ。遠いところに引っ越しちゃった。葉子さんからすれば、自分のせいで息子夫婦の仲がこじれちゃいそうなところも考慮したんでしょうね。賢い人だからね。これ、秘密よ」

彼女は、シーッと口に手を当てて、ちょっと悪い顔をした。だが、先にこういうことを教えてもらえていると助かる。僕はこういう地雷を一番踏みやすいタイプだからだ。

「それにしても、剛田さんと仲が良いですね」

「息子さんよりも若いけれど、似たような年の人が親切にしてくれるのは嬉しいのかもね。剛田君は良い人だしね。昔からお年寄りに好かれるのよね」

剛田さんほど、心に垣根のない人もあまりいないかも知れない、と僕は思った。

誰もいない検査室を見ながら、葉子さんは、腕時計を確認した。銀色の上品な小さな時計で肌の上で光っている。

「あら、すみません。今日は、終わりの時間でしたか」

と、訊ねた。隣には正彦さんが大人しく立っている。「いいえ。まだ大丈夫です」と、答えようとしたところ、剛田さんは、

「大丈夫です。問題ないですよ、余裕のセーフです」

と元気に答えた。

葉子さんはホッとしたように「ありがとうございます」と頭を下げた。僕は、カルテを受け取って正彦さんを眼圧計に案内した。葉子さんは、正彦さんの手を取って、ゆっくりと椅子に座らせた。正彦さんは一言も発さず、素直に従っている。

正彦さんは子供のように葉子さんに微笑んだ。葉子さんは頷いた。

僕らはそれを見届けてから検査を始めた。

眼圧の数値は問題なく、きちんと目薬を差されているんだなあと感心した。

オートレフを無事にこなし、視力検査の説明を行って検査を始めた。

途中一度、正彦さんは、検査の方法をど忘れしてしまったみたいだったが、最後まで測ることができた。それから、暗室に案内して、ハンフリー視野計の検査を始めようと誘導した。す

ると正彦さんは、葉子さんと離されることが急に不安になったようで、大人しくなってしまった。喋れないわけではないと思うけれど、黙っている。検査方法を説明し、頷いてくれたので検査を行った。問題は、そこから始まった。

検査結果が、あまりにも悪い。

視野検査に疲労感を覚える患者さんは多く、もしかしたら途中で検査の方法を忘れたか、検査そのものを諦めてしまったのかも知れないと思ったけれど、様子を見ている限り真面目に検査を受けてくれていた。再検査するべきか迷ったが、それだけの根気が正彦さんの方にあるかどうか疑問だった。

広瀬先輩に相談したところ、

「う〜ん、困ったね。確かに先月より悪いよね。でも仕方ない。とりあえず、このまま先生のところに持って行って」

と指示されたので、それに従った。僕は事情を説明して、北見先生にカルテを渡した。先生は目をシパシパさせながら、説明を聞いた後にカルテを見た。老眼が進んでいるのだろうか。左肩をグリグリと回しながらカルテを読んでいた。

「肩どうかしたんですか」

「ああ、これ？　これだよ」

と、辛そうに肩を押さえながら先生は、掌《てのひら》に載る黒い縁取りの小さな虫メガネのような物体を見せてくれた。

「あぁこれって……」

「そうそう、眼底レンズだよ。僕はニコンのがお気に入り。あそこは良いレンズ作るよね。でも、年なんだろうね。暗い部屋で、これを構えて、肩を張って、片目で人の目みたいな小さな的を見るのって年々辛くなるんだよね」

と、先生は言った。

先生もまた身体を酷使しながら、仕事に励んでいるのだと思うと、反射的に応援したくなってガッツポーズでエールを送ってしまった。先生も、小さくガッツポーズを返してくれた。それから、粛々《しゅくしゅく》とカルテを眺め始めた。先生の目が厳しくなった。

「これは、ちょっと良くないね」

データが正確なら、視野の欠損が大きく進んでいる。先月からのデータと嚙み合わないのだ。う〜んと少し困ったような声を出したところで、僕が待っていると、

「これは、あれだな。ＧＰだな」

と、北見先生はあっさりと言った。そう来るだろうな、と思っていたけれど、ＧＰと聞くと緊張してしまう。慣れてきたとはいえ、難しい検査であることには変わりない。僕はもう一度、正彦さんを暗室に案内した。

検査を始めると、思っていたよりもスムーズに進んだ。指示通り、指標の光が見えたら的確にボタンを押してくれる。これなら正確な視野が計測できる。

先ほどのハンフリー視野計とは違って、ゴールドマン視野計は手動で操作をする。ハンフ

リー視野計とは違う角度の検査が可能だ。カメラのオートフォーカスとマニュアルフォーカスの違いと考えればいいだろうか。機械が誤差の中で、見落としがちな点も、人の目が見つけることもある。逆もまたしかりで、先生は、この二つの機械での検査を、タイミングを見て指示している。今日は人の手と目が役立つときだ。つまり、僕ら視能訓練士の出番というわけだ。

僕は、彼の反応を頼りに、盲目の海に浮かぶ視野の島を探した。

いつも通り、島の上空を飛んでいくプロペラ機をイメージして、ゆっくりと視野のあたりを入れていくと、正彦さんはそれに合わせてボタンを押してくれた。ピッ、ピッと無機質に鳴り続ける音を聞きながら、検査が順調に進んでいる手応えを感じている分、気分が暗くなった。僕が見ていたのは、崩れかけた視野の島だった。今にも海に呑み込まれそうな孤島が、かろうじて形を保っていた。とりわけ、鼻側《びそく》の視野の欠損はひどい。プロペラ機を操りながら僕は冷たい風を感じていた。

両眼とも検査が終了し、暗室の外に出てもまるで解放されていないような気持ちで、先生にカルテを渡した。先生の瞳も少し厳しく寂しそうだ。北見先生は、ご夫妻を呼んだ。診察室の椅子に座ると、葉子さんは鞄《かばん》からメガネを取り出して掛けた。小ぶりな顔立ちに真ん丸な小さなメガネがよく似合う。笑顔で先生に向かっていたが、説明が始まると、大粒の涙が溢れた。結果はとても辛いものになった。ときどき、腕時計に視線を落としながら、肩を震わせているど、ふいに正彦さんが肩をさすった。それを見ている先生の声は、いつもより優しかった。だが、先生が伝える治療方法は前回とまったく同じだ。

緑内障は根治《こんち》する病気ではない。現状の医学では、正彦さんに勧められる治療法は一つだけだ。

「目薬を忘れずに差してください。眼圧を下げなければ失明してしまいます。奥さん、ぜひよろしくお願いします。このまま視野の欠損が進行していくようなら、手術をお勧めします」

北見先生は、葉子さんに言った。葉子さんが悪いと責めているわけではない。だが、彼女は、どうしてもそう思ってしまうのだろう。

「私がしっかり見ております。目薬きちんと頑張ります」

と、ハンカチで涙を押さえながら言った。話が終わると、葉子さんはメガネをケースにしまい込み、鞄に入れた。

そして「さあ、もう帰ろう」と、小さな身体で正彦さんを立たせて丁寧にお礼を言ってから診察室を後にした。剛田さんが扉を開けて、二人は手を繋いでゆっくりと出ていった。剛田さんも辛そうな顔をしていた。彼のそんな表情を見たのは初めてだった。

どんなに頑張っても緑内障を治すことはできない。

ただ、目薬を差す。失明までの時間を、明日へ明日へと押しやり日々を過ごしていく。それを促すことが、いま僕らにできる唯一のことだった。

「今日は疲れちゃったね。週末だし、ノミー、温泉とか行かない？　おごるから」

と言われたので、剛田さんのジムニーの後部座席に折り畳み自転車を積み込んで、連れてこられたのは、熱気みなぎるトレーニングジムだった。

剛田さんは、宣言した通り僕の分の貸しトレーニングウェアや貸しシューズ代を払ってくれた。ジムの利用料金自体は、無料チケットがあるそうだ。

そそくさと更衣室で着替えて、

「まずは、柔軟体操、ランニングマシンだな」

と、促されるままに、剛田さんに従って身体を動かし始めた。利用者は若い人が半分くらいで、もう半分はお年寄りだった。じっと眺めてみたけれど、若い人もお年寄りもそれほど運動能力に差があるとは思えない。筋骨隆々で、とんでもなく鍛えているお年寄りばかりだった。

「元気だなあ」

「そうだろ。これだけ頑張ってるお爺《じい》ちゃんやお婆《ばあ》ちゃんがいると、負けてらんないなって思うよね。さあ、ノミーも走るぞ」

僕は軽い準備運動をして、ランニングマシンで走り始めた。正確には歩き始めた。窓際に並べられたランニングマシンに向かい、窓ガラスに映る自分の姿を見て、ここにいることが奇妙なことに思えた。いま、会社の先輩のような人と一緒に遊びに来てるんだよなあと思うと、少し大人になったような気がした。

ガラスに映る自分は、学生時代と違う顔をしていた。痩《や》せても太ってもいないし、急に老《ふ》けたという感じでもないのだけれど、かつての自分とは印象は違う。僕でしかない別の誰かが立っていた。

僕は自分の瞳を見つめていた。

なにかが削られて優しくなっているような気がした。

この半年、自分のことを考える暇なんてなかった。仕事のことと、患者さんのことだけを考えていた。なにかに没頭していくことは、もしかしたら幸せなのかも知れない。

僕は、マシンの速度をあげ、少しずつ走り始めた。歩くよりもわずかに速い速度で走り始めて、五分も経つころには、その速度が物足りなくなってきた。距離は進み、時間も進んでいく。さらに速度をあげて、そこからは、時間だけを気にして走るようになった。デジタル表示の時計を眺めながら、葉子さんのことを思い出した。

なにかがあるといつも時計を確認していた。銀色の小さな時計で、どう見たって安物には見えなかった。たぶん、あれは、正彦さんか他の誰か大切な人からのプレゼントなのだろう。正彦さんの視野が大きく欠けていることを聞いたときの表情も忘れられない。あのときにも、時計に視線を落とした。辛いことがあると時計を見ている。そんな感じがした。今夜どんな気持ちで過ごしているのだろう。認知症の介護だけでも大変なのに、視野が大きく欠損した人と生活を共にするのは、さらに大変なことだった。小さく細かい配慮を積み重ねなければ、それは難しい。元医療従事者でもあり、しっかりした方だからこそ、視野欠損の責任を重く感じているかも知れない。

僕はさらに速度をあげた。そうすると、持木さんご夫婦のことは頭の隅に追いやられた。隣を見ると、剛田さんは、僕よりもすごいスピードで走り続けている。剛田さんもまた今日の出来事をかき消すために走り続けているのだろうか。こういう気持ちになる度に、身体に負荷を掛けて鍛えあげるから、あんなにマッチョになったのだろうか。ただ身体を鍛えるのが好きなのかも知れないけれど。いずれにしても、週末にクタクタになるまで走って、運動不足を解消するのはすごく良いプランだと思えた。

ランニングマシンでの高速ダッシュが一通り終わると、剛田さんは、

「ここからがメインディッシュだ」

と、高重量の筋トレマシンの方へニタニタしながら歩いていった。さすがにそこまではつき合う気はなかったのだけれど、

「野宮君も、そこそこ良い筋肉のつき方してるんだから、鍛えたらすごいことになるぞ」

と言って乗せてきたので、一つ二つとマシンを試しているうちにいつの間にかすべてのマシンを制覇してしまった。みっちり二時間、身体を鍛えた頃には意識は曖昧になって、妙な闘志が湧いてきた。

「兄ちゃん、精が出るね」

と、六十代後半くらいの背の高いオジサンに声を掛けられて、「お疲れ様です」と挨拶してから、話し込んだ。オジサンは頻繁《ひんぱん》にジムに来ていて、剛田さんのこともよく知っているらしい。

「まだまだ、俺も働き続けにゃならんからな。ここに来て身体を鍛えてるんだよ」

剛田さんと似た大きな笑顔でオジサンは言った。

「ここに通うようになって、もう長いのですか」

「俺と剛田の兄ちゃんと、持木のオッサンが一番長かったな。でも持木のオッサンは一昨年辞めちまったからな」

「持木さんをご存知なんですか」

「ああ。兄ちゃんも知ってる。ああそうか。剛田さんと同じ病院の人ね。持木さん、知ってるよ。もうだいぶん年だったけれど、あんなに元気の良かった人が認知症になっちまって。奥さんとよく一緒に来てたよ。元気にしてるのかね」

「元気にされてますよ。今日もお会いしました。仲の良いご夫婦ですよね」

「本当にな。仲の良い夫婦だ。よろしく言っておいてくれよ。金森《かなもり》のジジイが寂しいって言ってたってよ」

「お二人と親しくされていたのですね」

「親しいもなにも十年以上のつき合いだよ。持木さんのオッサンの家で一緒に飲んだこともある。『うちのカミさんは、箱入りで、向こうのご両親の反対を押しきってもらったんだ、だから大事にしなきゃ』っていっつも言ってたよ。あんなにずっと奥さんを好きでいる人も珍しいよね。俺には無理だ」

「ははは……、そんなことがあったんですね。素敵ですね」

「奥さんが着けてる時計があっただろ？　あれは持木のオッサンが、最初の結婚記念日に贈ったものなんだってよ。ここでトレーニングするときも肌身離さず着けてたよ」

そんな話を聞きながら、水分補給と、ストレッチをしていると、

「ノミー、温泉に入ろう」

と、ようやく剛田さんは、僕の存在を思い出し、呼びに来た。金森さんは、剛田さんに軽く挨拶をすると、自分のトレーニングに戻り、年齢に似つかわしくない速度で懸垂《けんすい》を始めた。僕はあっけに取られてその様子を眺めていた。剛田さん曰《いわ》く、金森さんはここのヌシのような人で、かつてはトライアスロンの猛者《もさ》だったらしい。いつまでも終わらない懸垂を僕が眺めていると、剛田さんは、

「ジムの大浴場が温泉なんだよね。身体を動かした後の温泉は最高だぞ」

と、豪快に笑いながら、僕を温泉へ引っ張っていった。


湯船に浸《つ》かると、剛田さんの言う通り最高だった。

解放感というのは、幸福と確かに深く結びついていると思う。

休日前の仕事からの解放感と、過酷なトレーニングの後、硬直した筋肉をダラダラにしていく解放感、この二つが重なると麻薬的だ。

剛田さんが鍛えまくる理由もよく分かる。僕もジムに入会しようか、などと考えていると、ギリシャ彫刻のような肉体をした剛田さんが湯船に入ってきて、疲労感をすべて吹き飛ばすように大きく息をした。休日前の一週間のうちで最も自由だと思える時間に、大人だけが得ることのできる解き放たれた感じだった。

「今日は、ほんと大変だったよな」

と剛田さんは独り言のように言った。僕はなにも言わなかったけれど、とりあえず相槌《あいづち》は打った。

「患者さん自体が多かったよね。緑内障の患者さんラッシュだった。ノミーも大変だったでしょ？」

「そうですね。忙しい日もありますよね。それより、今日は落ち込みました」

僕がそう言うと、数秒経って剛田さんが、

「ああ……」と言った。それから剛田さんは、「あれってさ」と話を切り出した。

「先月までちゃんと視野を温存できてたのに、急に数字が下がることってあるのかな」

剛田さんはこちらを向いて訊ねた。太い眉毛が困ったようにハの字になっている。僕は、

「先生じゃないから、詳しくは分からないですが、珍しいかもですね。ないとは言いきれないけど……。あんまり、聞いたことはないです。目薬を差し忘れてるとか」

それを聞くと剛田さんは首を振った。

「いいや、それはないでしょ」

「ですよね。僕もさすがにそれだけは考えにくいな、と」

「何十年も仕事で、薬の説明をしてきた人だよ。差さないとどうなるのかも、本当によく分かっている。葉子さんに限ってそれはないな。他の人なら差してないかもって疑うけれど。ほら葉子さん、腕時計してたでしょ」

「ええ、綺麗な古い時計でしたね」

「あれさ、手巻き式の腕時計なんだけど、最初の結婚記念日にもらってから、止まったことないらしいんだよね。いつも時計を気にしてネジを巻いて、何十年も生きてきた人だよ。ネジを巻き忘れたことがないっていうのを自慢しているのを、聞いたことがあるよ」

「そうですよね。僕も差し忘れはなさそうだなと思います。実際、眼圧は正常なんです。理想的な数字に収まってる。目薬は差してるってことなんですよね。とすると、検査では確認できなかったなにかが起こってるんですかね」

「それは俺が聞きたいよ」

そうですよね、と僕が言おうとしたところで、剛田さんも僕も同じように腕組みをして考え込んでいることに気がついた。お互いにその姿を見て笑ってしまった。

その日、僕らの答えは出なかった。疲れきった頭と、疲れきった身体で、解答を探せるほど容易な問いではない。


それから、一ヵ月が経った。

ゆったりした日で剛田さんは、まさしく全身のびのびとラジオ体操をやっていた。

午前の診察が終わる時間になり、お腹《なか》が鳴り始めた頃に、持木さんご夫妻がやってきた。もしかしたら、持木さんご夫婦を迎える準備のために剛田さんはラジオ体操をしていたのかも知

れない。僕も自然と背筋が伸びた。検査室に入ってきた二人に、

「こんにちは」

と、剛田さんが元気に挨拶をすると、葉子さんは嬉しそうに頭を下げた。それから、

「あら、すみません。もう、終わりの時間でしたか」

と、前回と同じように、腕時計を見て剛田さんに訊ねた。剛田さんは、「いえ、大丈夫ですよ。今回もセーフです」と、奥さんに伝えると、奥さんは、

「セーフ？　ありがとうございます」

と、丁寧にお礼を言った。正彦さんは、今日も手を引かれたまま静かに佇んでいる。いつもと同じように、眼圧、屈折度、視力検査を行い、どれも取り立てて問題はなかったが、北見先生からはＧＰを行うように指示を受けた。

「前回のような急激な進行が今回も起こっていなければいいけど……」

と、僕にカルテを戻した。暗澹《あんたん》たる気持ちで始めた視野検査の結果は、そんな気持ちよりも、さらに暗いものになった。

盲目の海に浮かぶ孤島は、いまや海に呑み込まれようとしていた。

少なくとも左目の視野は、ほぼすべて失われつつあった。検査用紙に、正彦さんのイソプターを描き込むと信じられないくらい小さく簡単なものになった。葉子さんのうつむいた顔が一瞬浮かんだ。

正彦さんの反応が悪く、検査方法を呑み込めていない可能性も考え、二回検査を行ったが、

検査結果は変わらなかった。正彦さんからの応答は少なく、盲目の海にはただ沈黙が広がっていた。

診察室は、真昼の光が眩しかった。北見先生は、カルテを眺めた後、

「大変申しあげにくいのですが、緑内障が進行しております。特に左目は、ほとんど視野が欠けている状態です」

と、葉子さんと正彦さんを交互に見ながら言った。葉子さんの目が、潤み始めた。それから、視線を落とし腕時計を眺めていた。

「二ヵ月で、こんなにも急に視野が欠けてしまうなんて、私も信じられない気持ちです。これまで頑張って治療を続けてこられたのに、残念です」

北見先生はそう語りかけた。

「そんな……、先生、ついこの間まで大丈夫だとおっしゃっていたのに」

葉子さんは北見先生を見つめて、消え入りそうな声で言った。先生は申し訳なさそうに、眉間にしわを寄せて優しい声で話し始めた。

「私も二ヵ月前までは、落ち着いた状態で緩やかに病気が進行するものと思っておりました。本当にびっくりしております。なにか、変わったことなどありませんか？」

葉子さんは、一度、正彦さんを見た後、ハンカチで目頭を押さえ、それから、

「いいえ、いいえ。なにもかもいつも通りです」

「目薬は差されていますか」

北見先生は彼女の目を見て訊ねた。葉子さんの言葉の中にある真実を見極めようとしているかのようだった。彼女の瞳の印象が弱くなり、それから、また強く首を振った。感情的な仕草だった。

「同じです。私がいつも、主人に目薬を差しております。主人がこの病気になってから、私が欠かさず、目薬を差して参りました」

葉子さんは、訴えるように先生に言った。言葉のどこにも嘘は感じられなかった。先生もその点について疑いを持っていたわけではない、ということが、頷き方で分かった。実際、眼圧の数値も目薬を差していないというような数字ではない。

正彦さんのカルテを確認すると、二十年近く治療を続けていることが分かる。

「失礼ですが、どのように点眼されているか、やっていただけますか」

と、北見先生は言った。

高齢の患者さんの中には、上を向くことができず、前を向いたまま点眼して目の中に目薬が入っていないというようなことも以前あった。当然、それだと治療効果はない。

葉子さんはそれを聞いて、眉をひそめたが、

「主人をソファに寝かせて私が上から、このように点眼しております」

と、実際にやってみせるように説明した。どうやら、それも嘘を言っているようではなく、確実に点眼されているようだ。

どうしたものか、と思ったのは僕だけではないようだ。北見先生もこれまでに見たことがな

いような困った顔をして、

「私としては手術をお勧めしますが、どうされますか？」

と訊ねた。それを聞くと、葉子さんはしばらく感情がかき消えてしまったかのように黙り込んで表情を凍らせた。あまりにも返答がないので、北見先生がもう一度同じことを訊ねると、

「息子たちに相談してみます」

と、ポツリと答えた。北見先生は、頷いた。それから、

「現在のお薬が効かないようなので、副作用がありますが、もう一種類目薬を増やしたいと思います。それで少し様子を見ましょう。これまでと同じようにきちんと差してください」

と話を続けた。葉子さんは、まだ涙をハンカチで押さえていた。正彦さんはその姿を見て、この前と同じように肩を撫でた。

重く暗いため息が漏れていくのを僕はこらえていた。隣にいた剛田さんは、辛そうな顔を隠しきれていなかった。

葉子さんが、突然、

「どうしてこうなる前に、もっと早く教えてくださらなかったのですか！」

と、声を震わせて言った。先生も僕らも目を丸くした。

そんな感情的な言葉を葉子さんの口から聞くのも初めてだった。やり場のない気持ちが発した一言を、そこにいる全員が黙して受け止めた。失われたものは、もう戻らない。葉子さんの一言が余計にそのことを感じさせた。

二人が帰っていくときも、また同じように手を繋いで歩いていった。その日、剛田さんは、二人にタクシーを呼び、補助のために玄関先まで見送った。

剛田さんなら、二人に掛ける言葉を思いついたのかも知れない。二人が探しているのが、もうすでに言葉ではなかったのだとしても、僕らが思いつけなかったもっと優しくて温かな一言を剛田さんなら探せたかも知れない。

その日の仕事終わり、「温泉に行くぞ」と、剛田さんは有無を言わせない調子で言い放った。僕はその誘いに同意した。僕もただ無心に走りたい気分だった。

ランニングマシンを起動させて、それなりの速度で走り続けていても、今日はどうしても仕事のことを考えてしまった。どうすることもできない問題が頭の中でクルクルと回っていた。

走り終えた後も、頭の中から仕事のことが消えなくて、筋トレをした。重さに耐えて、それをねじ伏せていると、少しずつ気分が軽くなっていったが、同時に身体は重くなっていった。

剛田さんは百キロはありそうなバーベルをベンチプレスであげ下げし続けている。リズミカルな動きの執拗さに、ネガティブな印象さえ受ける。周りには人だかりができて剛田さんを囲んでいる。

「やっぱり、剛田の兄ちゃんは違うなあ」

と、呟いたのは、いつの間にか隣に来ていた金森さんだ。

「今日はなにかあったのかい。剛田さんは。たまにこんなふうになるんだけれど、全然理由を教えてくれなくてね」

僕は、持木さんのことを考えているのだと分かったけれど、

「今日は仕事がハードだったんで、ストレスがたまったんじゃないでしょうか」

と答えた。金森さんは納得していないようだったけれど、

「兄ちゃんも今日は走り込んでいたし、なにかあったんじゃないかと思ったんだが違うのか。まあ、病院に勤めてるんだ。言えないこともあるわな」

「そうですね、いろいろあります。剛田さんはときどきこんなふうになるんですか」

「ああ、たまにな。でも、こうなるときってのはだいたい見当がつくよ。いつもより長く走ろうとか、いつもよりきついトレーニングをしようなんて思うときは、やりきれない気持ちがあるときだよ」

「そんなものですか」

「兄ちゃんもそうだろう」

金森さんはそう言ってニヤリとした。僕は、苦笑いして、もう一度ランニングマシンに戻った。

辛いことがあって、頭の中から悩みを追い出すためにハードなトレーニングをして、あの体型を作っているのだとすれば、剛田さんはどれだけのことに耐えて日々を過ごしているのだろう。あの筋肉は、剛田さんの弱さの象徴なのだろうか。それとも、強さと優しさの表れなのだろうか。そんなことを考えながら走っていたけれど、結局答えは出なかった。僕が分かったの

は、剛田さんには、強さも優しさも弱さもある、という当たり前のことだった。病院で、患者さんと向き合うために、僕らの知らないところでこんなふうに時間を使っていたのだなと思うと、先輩医療従事者としての剛田さんを再発見したような気持ちになった。これも剛田さんなりの『努力』のように思えた。

僕も、マシンの速度をあげ、意識が曖昧になるまで走り続けた。走っているうちに思考はリズムに飲み込まれていった。

全身汗まみれになってフラフラになったところで、剛田さんと合流して、温泉に向かった。

湯船の中で並んで座っていると、突然、剛田さんが、

「やっぱり腑《ふ》に落ちないよな」

と言った。

「どうしたんですか」

「正彦さんのことだよ。やっぱり納得いかないなって」

「ああ……、でも検査はいい加減にしたわけじゃないし、本当にあれだけ視野が欠けていたんですよ」

「それは疑ってはいないけど、どうして、この二ヵ月なんだろう。そんなに大きく変わる理由ってあるかな。ノミーは正彦さんを見ていてなにか感じた?」

僕は腕組みをして、僕が勤め始めた頃からの持木さんの様子を思い出した。初めて病院で会ったときはすでに認知症だった。今との変化は感じられない。

「変わってないですね。検査のときの様子も同じです。剛田さんは、なにか気付きましたか」

「う〜ん、大きな変化はないんだけれど、正彦さんというよりは、葉子さんが変わったなと思う。なにがどう変わったのかは分からないけれど」

「奥さんですか？　それは旦那さんの状態が悪くなっていけば、変わってくるとは思うのですが」

「そりゃそうなんだけれど、俺が感じているのは、葉子さんの雰囲気なんだよ。今日、すごく辛そうに見えた」

「ええ。目元にハンカチを押し当てて。あれは辛かったですね」

「俺はね、違和感があったんだよ」

僕は剛田さんを見た。その目は真剣だった。

「そんな目で見るなよ、ノミー。葉子さんが冷たい人だって意味じゃないんだよ。そうじゃなくて、俺の知っている葉子さんは、すごくしっかりした人で強い人だってことだよ」

「どういうことですか？」

「先月、診断結果が出たとき、今日と同じように泣いてただろ。あれは分かるんだよ。誰でもあんなことを聞けばショックだよ。でも、今日、視野が大きく欠損しているって二回目に聞いたときも、葉子さんは、まるでそんなことは知らなかったって感じで落ち込んだように見えた」

「そうですか？　年を取ったら誰でも涙もろくなるって聞きますけど。それに実際、前回よりもかなり悪くなっていましたよ」

「それも分かる。でも、俺の知っている彼女は、辛いことがあってもあんなに感情的になる人じゃないんだよ。我慢強くて賢い人だから、最初はショックを受けても、どこか冷静なところがあって、もっと静かに受け止めるイメージだったんだよな」

「う〜ん。でも深刻な症状ですから、そんなに冷静になれるかというと難しいんじゃないでしょうか」

「そうだよな……。それも分かるんだよ」

それから、しばらく二人で考え込んだ後、剛田さんが思い出したように「あと一つ」と言って顔をあげた。頬は真っ赤になっていた。僕らは長い時間、湯に浸かっている。

「もう一つ、らしくないなって思ったことがあるんだよ。ノミー、彼女の着けていた腕時計覚えてる？」

「ええ。あの手巻き式の腕時計でしょう？」

「あの時計の秒針がさ、止まってたんだよ」

「ネジを巻き忘れたんじゃないんですか」

「いや、それだよ。それがらしくないなって思ったところだったんだよね。タクシーを玄関で待っているときに、ちょっと遅いですねって話してたら、葉子さんが腕時計の文字盤を俺に見せてくれたんだよ。そしたら、針が進んでいなかったんだよね。俺が『時計、止まってますよ』って言ったら、葉子さんは唖然とした顔をしていた」

「それってそんなに変なことなんですか」

「俺にはすごく違和感のあることだった。葉子さんは几帳面《きちょうめん》な人で、だからこそ二十年間、正彦さんも視野を緩やかに維持することができてたんだよ。で、そんな人が肌身離さず持っている時計の針が止まってるって、あり得るかな。あんなに頻繁に時計を見る人の時計が止まったままだなんて」

「確かに、そう言われると気になるような……」

「だろ？　あれは、葉子さんとは別の人じゃないのかな」

なにを馬鹿な、と思い、僕は会話を打ちきって前を向いた。もしそれが本当だとすれば、葉子さんが双子か、もう一人そっくりな人がいることになる。そんなことはあり得ない。僕は火照《ほて》った身体を冷ますために冷水にドボンと飛び込んだ。身体が冷えていくのと同時に頭も覚めていった。振り返って考えてみれば、病院での反応には確かに引っ掛かるところがあった。北見先生に向かって、

「どうしてこうなる前に、もっと早く教えてくださらなかったのですか！」

と言った。あのときは、混乱していてああいうふうに言ったのだと思ったけれど、もし葉子さんが『緑内障が進行している』という事実を知らなかったら、あんなふうに取り乱して訴えるかもしれない。仮に、先月来た人と今月来た人が別人で、同じように持木さんを愛していたとしたら、あんな反応になるのかも知れない。

だが、そんなことが起こり得るとは考えられなかった。

僕らはまた黙って天井を見上げていた。

「こうなったら、確かめてみるしかないな」

と、剛田さんは言った。

「確かめるってどうやって？」

「連絡を取ってみるよ。会うことになったらノミーもついてきてくれよ」

「僕がですか？　でも僕はそんなにお二人とは親しくないですよ」

「大丈夫だよ。俺はこういう性格だから見落としちゃうこといっぱいあると思うけど、ノミーなら気付けるような気がするんだよ」

「不器用で、いろいろ見落としがちな新米視能訓練士ですよ？　広瀬先輩にいつも注意されてるの知ってるじゃないですか」

「そりゃノミーが新人だからだよ。誰だって通る道だと思うよ。でも、大事なことはよく見えてるなって思う。先輩を立てると思ってこの通り」

そう言いながら、僕に向かって手を合わせて拝んで見せた。

「仕方ない。分かりました」

と言ったときの剛田さんの笑みは、今日一番輝いていた。

一週間後、なぜか、僕は山に行くことになった。

剛田さんが葉子さんに連絡を取ったところ、「一緒に山に行きましょう」ということになったのだ。運動不足になりがちな夫を歩かせたいというのが、理由だった。

僕ら二人がいれば、いつもよりも安全にハイキングができる。週末には、「明日は、山登りだ！」と意気揚々と剛田さんに言われた。広瀬先輩が不定期に開いてくれている新人研修兼勉強会が終わった後、病院の外に出ると、持木薬局のお二人に偶然会った。

「明日、ご両親とハイキングに行くんですよ」

と伝えると、光彦さんは、「お袋も、ちゃっかりしてるなあ……」と言った。

「いつもは一人で大丈夫とか言っているけれど、親父《おやじ》と二人で暮らすのは、大変なのかもしれません。剛田さんにも、野宮さんにもご面倒をおかけします。年寄りのわがままを聞いていただいて、ありがとうございます。どうかよろしくお願いします」

と光彦さんに頭を下げられた。「いいえ、僕も山登りは好きなので楽しみにしています」と、適当に話を合わせた。山登りなんてしたこともなかったが、あんなに申し訳なさそうな顔をされたら、返す言葉がなかった。

打ち合わせをしたいと、剛田さんから連絡が入り、またいつものジムに行った。剛田さんはやる気に満ちていて、ハードなトレーニングをしていた。辛いときもハードに動くが、楽しみにしていることがあっても、それは変わらないらしい。彼につられて、僕も同じように動いてしまい、身体中がバキバキになった。

次の日、全身はひどい筋肉痛だった。

現地に集合すると葉子さんと正彦さんは神社の鳥居《とりい》の傍に並んで立っていた。僕たちが車から降りて近づくと、葉子さんは礼をした。その様子を、ぼんやりと正彦さんは見ていた。「今日は、よろしくお願いします」と先に挨拶したのは剛田さんだった。

「こちらこそ、無理を申しあげてすみません。主人を運動させるのにちょうど良いと思ったものですから」

と、言った葉子さんと正彦さんの服装は、病院に来ているときのようにカジュアルなものだった。登山をすると聞いていたので、僕はそれなりに動きやすい服を着てきたけれど、そういう装備など必要ないほど、簡単に登れるということだろうか。かろうじて、二人ともリュックとストックは持っている。正彦さんは青いチェックの帽子を被《かぶ》り、葉子さんは赤いチェックの帽子を被っていた。色は違うが二人ともお揃いだ。

「可愛い帽子ですね」

「ありがとうございます。二十年目の結婚記念日に息子たちからプレゼントされたんですよ。結婚記念日のお祝いなんて初めてでした。それはもう、嬉しくて。これを被って登ると無事に帰ってこられるんです。一度も山の事故にあったことがないんですよ。幸運の帽子です」

と、若々しい声で答えてくれた。

剛田さんは、何度か一緒に山に登ったことがあるらしい。

「あんなに軽装で山に登れるんですか」

と、小声で訊ねると、剛田さんは、

「いや、俺も驚いたけれど、登れるんだと思うよ。前のときも、あんな感じだったような気もするし」

と、僕と同じく小声で答えた。

「山登りの達人ということなんですかね」

「分からない。でも、ご主人の病気のこともあるし、無理をしないで登れるところまで登るということなのかもしれない」

大した会話もないまま、僕らは神社へ向かう階段を上り、その脇道から森林公園の遊歩道へ向かい、秋の山の木立の中を進んだ。森閑《しんかん》とした景色の中、緑、黄色、赤と移り変わってゆく色味をくぐり、並んで歩くご夫婦のゆったりとした足取りを追っていると、十年二十年という時の流れが瞬く間に過ぎ去ってしまったかのような錯覚に襲われる。道はただ緩やかに続き、あまり上ることも下ることもない。時間の流れだけが、駆け足で過ぎていくようなそんな感覚や焦りが、二人を眺めていると湧きあがってくる。

僕は二人の影を追いながら、捉えどころのない不安を感じ始めていた。時々、葉子さんは、正彦さんになにかを話しかける。けれども、正彦さんからの返答はない。独り芝居のような、沈黙の中に自分の言葉の残響を探さざるを得ないような深い闇が、響いている。孤独だ。すごく孤独で、かける言葉がない。葉子さんが抱えているに違いないほころびすら見つけられないような孤独に出会ったことがない。

もう正彦さんからはどんな言葉も返ってこないことを理解して、話しかけているのだ。二人の歩みは変わらない。ただ、葉子さんの言葉がポツリポツリと響くだけだ。その声と枯れ葉を踏み分ける足音だけが、林道に響いている。

葉子さんは、正彦さんのストックを受け取り、手を繋いだ。正彦さんはされるがまま、彼女に引かれて歩き続ける。それでも、その後ろ姿から不安感を拭い去ることができない。

どうしてだろうと、じっと目を凝らしていると葉子さんの歩調は、わずかに跛行《はこう》していた。足元を見ると、両足とも真っ白な靴を履いてはいるが、デザインが微妙に違う。高さもわずかに違う。つまり、片方ずつ別の靴を履いていた。

僕は思わず、葉子さんに声をかけた。

「あの、すみません」

二人は振り返った。正彦さんは、哀しそうな目でこちらを見ていた。救いを求めるような、悲しみを訴えるような、外側に光を発する切実な瞳だった。葉子さんは、驚いたようにこちらを見ていた。まるで僕なんて最初からそこにいなかったかのように、突然そこに現れた不思議なものを見るような瞳をしていた。

「靴は……」

と、僕が伝えると、葉子さんは、足元を見た。一瞬、大きく目を見開いた。そこには明らかに恐怖が映っていた。だがしばらくすると、大きな声で笑い始めた。

「年を取ると嫌ですね。野宮さん、すみません。私もさっきから、なんだか歩きにくいなあと思っていたんです。最近、どうやら目が衰えてきたようでして」

「目ですか」

「ええ。視界が濁《にご》って、見えにくいんです。検査に行かなければ、と思っていたんですが……。いよいよ診てもらわなければ、いけませんわね」

僕はそれを聞いて、思わず微笑んだ。それならば、行動のすべてに納得できる。

「年を取って、視力が衰えてくるのは自然なことですよ。でも目は大事なものですので、来週にでもご来院ください」

「じゃあ、お願いしようかしら。主人が一緒でも構いませんでしょうか？」

「もちろんです。奥さんの目まで悪くなってしまっては、ご主人も心配です」

「本当、その通りですね」

「葉子さん、見えにくいということでしたら、今日は俺がご主人の手を取って歩きましょうか？」

剛田さんが声をかけると、

「ケンちゃん、ぜひお願いします。主人も喜ぶと思います」

彼女は嬉しそうに言って、正彦さんの横から少し離れた。剛田さんは、病院にいるときと同じ大きな笑顔で、

「じゃあ、正彦さん、行きましょう」

と言って手を取った。正彦さんは、当たり前のように剛田さんの手に自分の手を重ねて歩き始めた。

「ケンちゃん、葉子をよろしく頼むよ。私も、もう年だから」

と言った。なんの脈絡もなく、意味も曖昧な言葉だったが、剛田さんは、

「任せといてください。でも、それは正彦さんの務めですよ。まだまだ奥さんと一緒に歩いて行かなくちゃ。大丈夫ですよ」

と言った。正彦さんはそれを聞いて、

「私はもう年だから。だからもうお願いするよ」

と繰り返した。それからはもう、なにも話さなくなった。もしかしたら、僕らが思っている以上に、二人は助けを必要としているのかも知れない。

正彦さんの『お願い』を聞いた剛田さんの横顔も瞳もただ優しかった。なにもかも分かっていて、それを考えないようにしているようにも思えた。優しい言葉と態度を守り続ける。『大丈夫ですよ』という言葉を自分自身も信じ、語りかける。そういうことに力を傾けた人の全力を、僕は見ているのかも知れなかった。剛田さんの不要だと思えるほどの筋肉は、こんなとき『大丈夫ですよ』をもっと強く、優しくする。

こんなに近くにいるのに、年老いて疲れ果てた二人に、手を差し伸《の》べることは、簡単じゃない。僕は足元の不確かな葉子さんを見守りながら歩き続けた。剛田さんは正彦さんの手を取って歩き続けた。一時間も経たないうちに頂上にたどり着き、ベンチに座った。水分補給をして、剛田さんと僕はコンビニのおにぎりを、持田さんたちは持参のお弁当を食べ、休憩した。帰りはずっと早く下りることができた。いい運動にはなるけれど、心配するほどの山ではなかった。二人の軽装は正解だとも思えた。葉子さんの腕時計は、今日ずっと袖の中に隠れていた。

「帰りは、お二人を車でお送りしますよ。後ろに乗ってください」

と、剛田さんはジムニーの助手席のドアを開けた。剛田さんの介助で正彦さんが乗り込み、それを確認するためにドアを見つめていた葉子さんは、

「あら、大変」

と声をあげた。

「どうしたんですか？」

と、剛田さんは訊ねた。

「帽子を落としたみたいです。あら、どうして……」

と、何度も頭を押さえている。

「鞄の中は？」

と、僕が訊ねると、彼女はリュックを下ろして、中身を探ったが帽子はない。

「私、探してきます」

と、山に向かおうとするのを、僕は制止した。

「お疲れでしょうから、僕が見てきます」

「ノミー、大丈夫かい」

「大した山じゃないんで、いけると思います。すぐそこにあるかも知れませんし。でも、時間はかかると思うから、先に帰ってください。今度、病院でお会いしたとき、帽子をお渡ししますね」

そう伝えると、

「ありがとうございます。本当にすみません。大切な帽子なんです。どうか……」

と声にならない声で言った。

「任せてください」

と、胸を叩いて、笑顔で歩き出した。

「なにかあったら、連絡くれよ」

と、剛田さんが僕の背中に言った。

「最近、鍛えてるから大丈夫ですよ。また、来週、病院で」

と、一度だけ振り返って手を振った。僕は午後の山に戻っていった。身体が温まってきたせいか、筋肉痛は消え去り、いつまでも歩いていられるような気がした。

美しい山で物思いに耽《ふけ》り、自分の歩調で、静かな場所を歩くことに安らぎを感じていた。刺激が多いことも楽しいけれど、刺激を可能な限り減らし心を鎮めていくことにも楽しみがあることを初めて知った。

山はあるけれど、山以外なにもない。自分の意志で歩いてはいるけれど、実際には、自分を空っぽにして歩き続けている。頑張るってことの反対を今やっているんだな、と、ふいに思った。赤い帽子を探しながら、ゆったりと歩いて、なにも見つからないまま、山頂にたどり着いた。

どうしたものか、とベンチに座ると、踵《かかと》になにかが当たった。ベンチの下を覗くと、赤いチェックの帽子が落ちていた。

弁当を食べるために荷物を広げたときに落ちたのだろう。

一息ついて、水筒を開け、景色を眺めながら、しばらく鳥の声に耳を澄ましていると、高揚感も静けさも消え去って、自分がクタクタになっていることに気がついた。身体が冷えてきたせいか、収まっていたはずの筋肉痛もぶりかえしてきた。日も暮れ始め、ノロノロしていれば真っ暗闇の中、下山することになるだろう。遭難するほどの山ではないけれど、危ないことには変わりない。僕はスマホで時間を確認した。日没まで一時間を切っている。スマホの電池も残り少ない。僕は慌てて立ちあがり、葉子さんの帽子を手に持って、山を下り始めた。

来た道を帰れば、確実に山を下ることができるが、間違いなく途中で日没を迎える。僕は山頂付近の分かれ道で、直登《ちょくとう》の下山コースを下りた。直登コースである分、ショートカットできる。持木ご夫妻には無理かも知れないが、僕一人なら下りられるだろう。


僕は急な階段を一歩一歩下っていった。異変は、五分もしないうちに起きた。

重心を取るために、常に左足を先に出して階段を下りていたのだが、それを支えるための、右の太ももが突然、震え始めた。ともかく階段に座り込み、休憩を取った。右足を揉《も》み解《ほぐ》し、数歩歩くとまた足が震えて、身体のバランスが崩れる。仕方なく、足を使わずに座ったまま一段ずつ階段を下りてみたが、とてもじゃないけれど、下山できない。前日のハードなトレーニングのせいなのだろうか。

陽は少しずつ沈んでいく。さっきまで、心地良く響いていた鳥の声や、葉のこすれる柔らかな音も、急に無機質で、不気味なものに感じられる。急がなければと立ちあがって、足を進めたとき、バランスを崩して、階段の脇を滑落した。すぐにお尻《しり》をついたので転がりはしなかったが、右足をひねってしまった。足首の痛みよりも、恐怖の方が大きくなっていった。このままここで、一晩明かすことになるのだろうか。

それでも僕は、なんとか足場を探して、階段とも呼べない木の根や、石段を一段一段下りて行った。気付くと日は暮れ、あたりは冷たくなり、ついには完全な闇に包まれた。森は赤くなり、次に青くなり、最後に、黒くなった。

助けを呼ぼうとスマホを開くと、圏外だった。直登コースを下りているので小さな谷間に差し掛かっていた。視界は悪く、スマホのライトで足場を照らしつつ、電波の状況を確認し、何度もスイッチをいじりながら下りていくと、すぐに電池は空になった。心臓が大きな音を立てて鳴り始めた。あたりから光が完全に消えた。

生まれて初めて、本当に真っ暗な中に、僕は放り出された。

帽子を失くさないように被り、手探りで長い木の棒を探した。幸いそれはすぐ近くにあった。僕は棒を手繰《たぐ》り寄せ、上から下まで湿っていないか確認し、小さな枝をポキポキと指で折って、杖《つえ》を作った。もうこれしか、あたりを探る方法はない。僕は、病院に来られる白杖《はくじょう》をつく患者さんのように杖を使い、音に耳を澄ませた。一段、下りるために長い時間がかかり、さらに一段下りるために、また神経を使った。ゆっくり下りていけば、いつかはたどり着く。遭難するほどの山ではないというのは、分かっていた。しばらく下りれば、明かりも見えてくるかも知れない。いま、ここ、この瞬間を乗りきる方法が大切だった。

僕は病院で、こんなふうにゆっくりと歩き、不安そうに動いている患者さんをたくさん見ていた。僕らが手を差し伸べると、皆一様に、

「ありがとう」

と、大きな笑顔を向けてくれた。それは、僕らにとってはなんでもないことだった。その笑顔の強さや印象が、僕らが傾ける労力に対して大きすぎるな、と、思っていた。けれども、こうして真っ暗闇の中に置かれてみると、あれがどういう意味を持っていたのか、よく分かる。なに一つ手立てがないときには、差し伸べられた手や、不安から救い出してくれる小さな一助が、なによりも大切に思えるのだ。

暗闇に手を差し伸べることは、無意味なことではない。

見える、という当たり前が崩れたとき、世界は別のものに変わる。気にも留めなかった些細《ささい》なことが、細々とした大きな問題に変わる。

見えるということは、この世で、最もありふれた奇跡なのだ。

誰かの光を守る仕事に従事していることは、意味のあることなのだ、そんなふうに、なんとか自分の思考を保ち、歯を食いしばって一段一段また進んでいった。

そして、ついに手も痺《しび》れ、身体中が強張り、もう一歩も動けないとその場に座り込んだと

き、遠くから声が聞こえた。

「ノミー」

気付くと、上の方で懐中電灯が光っている。ずっと前を向いていたので気がつかなかった。光は揺れながら、少しずつ大きくなっていく。僕は泣き出してしまいそうだった。光が見える。心は光に同調するように、明るく変わっていく。眩しさを感じる。そのことが、素直に嬉しい。あれほど苦労した階段を、剛田さんは軽々と下りてくる。近づくと彼は僕に肩を貸して、立たせた。

「どうして、ここに」

「いつまで経ってもノミーから連絡がないし、もしものことがあったらまずいな、と思って。一通り探して、帰ろうかと思いながら下を照らしたら、見覚えのある帽子が見えたんだ。赤だからすごく目立っていたからね。本当に幸運の帽子だったね」

僕は頭に載せていた帽子を外して、なんとも言えない気持ちでそれを眺めた。

「しばらくジムはお休みします」

と、僕が言うと、剛田さんは苦笑いしながら、

「OK」

と、言った。その後、

「大変だったね。でも無事で良かったよ」

といつもの調子で言った。僕は、

「本当に、ありがとうございました」

と、素直に自分の気持ちを伝えた。剛田さんの持ってきた懐中電灯は山道を照らし、僕らは下山することができた。

僕は肩を借りながら、目を凝らして、一歩一歩足場を踏みしめた。平地に着くと、痛みをこらえれば歩くことができた。外灯のある歩道に出たとき、肩の力が抜けたのが分かった。

見えないってことを、僕は生まれて初めて体験した。

そして、見えるっていうことが、どういうことなのか、僕はようやく気付いた。

僕は外灯に照らされた道を眺めながら、行き先の見えることに、ただ心動かされていた。

あたりを見回し、自分が安全な場所にいることを確かめると、気分が落ち着いていくことが分かった。視線をあげると星が瞬き、足元を見ると汚れた靴が見えた。さっきまでの僕にはなかったものだ。形あるものを得たわけじゃない。けれども、とんでもなく大きな価値のあるものを取り戻したような強い気持ちを感じていた。

「本当に、幸運の帽子かも知れないですね」

と、僕は呟いた。


「あの帽子は?」

と剛田さんが訊ねた。あれから、一週間が経ち、午後の診察が一区切りついたときのことだった。足の怪我はもう完全に治っていた。

「ロッカーに置いてありますよ」

「この前の葉子さんについてどう思う」

「う〜ん、白内障《はくないしょう》かなと思いましたけど」

と、僕は思ったことを言った。白内障とは、目の中のレンズに当たる水晶体《すいしょうたい》が濁ってしまう病気だ。加齢に伴い発症する場合が多い。

「ノミーもそう思ったんだね。実は、俺もだよ。視力が低下して細かいことに気づかなくなるって、よくあることだよな」

「ええ、そうですね。あまり良いことではないですけれど。でも、正彦さんの緑内障まで進んだのはなぜでしょう？」

「目薬が正彦さんの目に入っていなかったからとか」

「でも、それだと病院に来たとき、眼圧が下がっていることの説明がつかないんですよ。目薬を差していなければ、眼圧は高くなっているはずですから」

「そのときだけはたまたま、目薬がちゃんと入ったのかな」

「この二ヵ月、二回ともですか」

「今日、検査したら結果は出るんでしょ。予約、今日だったよね？」

「そうです。もうすぐだと思います」

「先生にも、葉子さんも最近目が見えにくいっていうのを伝えたよ」

「気合を入れて検査しないと、ですね」

「頼むよ」

と、剛田さんは言って離れていった。午前中の検査が終わり、人もまばらになってきたころ、午前中最後の予約の持木さんご夫妻がやってきた。僕は受付でお二人を待っていた。

「あら、すみません。もう、終わりの時間でしたか」

と、前回と同じように時計を確認しながら訊ねた。剛田さんが近寄ってきて、

「いえ、大丈夫ですよ。今回もセーフです」

と声をかけた。葉子さんは微笑んだ。その後、剛田さんが葉子さんを介助して誘導することになった。正彦さんには待合室で待ってもらおうとも思ったが、俺が二人分見ているから大丈夫だよ、と剛田さんは言った。検査室に葉子さんを案内すると、

「じゃあ、ノミーよろしくね」

と、もう一度、剛田さんは言った。葉子さんは、ぼんやりとその様子を見ていた。

僕は検査を始めた。眼圧、屈折度、矯正視力ともに、どれもほぼ問題はなかった。加齢による視力の若干の低下は見られたが、問題というほどではない。あとは、先生が行うスリットランプでの検査でなにか掴めればと思ったけれど、結果はなにもなかった。その後、先生の指示によって、白内障のための思いつく限りの検査を行ったけれど、そのどれからも異常は感じられなかった。

けれども葉子さんは「確かに最近、目が見えにくい」と言う。

これでまたいよいよ、分からなくなった。北見先生も首をかしげていた。「さて……」と先

生が言って、説明を始めようとすると、葉子さんは鞄からメガネを取り出して掛けた。先生の表情を見ている。先生も彼女の準備が整うのを待ってから話し始めた。

「最近、見えにくいということで来られたようですが、そんなに悪いところはないですね」

「そんなことはないです。最近、前が見えづらいし、よく物に躓くし、物を失くします。見えにくいです」

「そうですか。ですが、スリットで覗いてみても、目にはそんなに悪いところはないですよ。視力もしっかり出ているようですし、どうしたものかな」

と、もう一度言って、先生は駄目押しで眼底レンズで眼底を覗いた。結果は、なにも変わらなかった。

「う〜ん」

と唸って、先生は腕組みをした。傍で見ていた僕も気付くと眉間にしわを寄せていた。剛田さんの額にもうっすらと汗が浮かんでいる。正彦さんはただ静かに葉子さんの傍に座っている。葉子さんは、メガネをかけなおした。

「どうしたものかな」

と、先生が立ちあがって、半暗室にしていた診察室のカーテンを開けたとき、僕は葉子さんの小さな丸いメガネが白く光ったことに気付いた。そして、斜めから見た葉子さんの目が、さっきとは印象が違うことに気が付いた。僕は彼女の瞳をメガネを通さず覗いた。この違和感は、間違いない。僕は、慌てて先生に耳打ちをした。

先生は大きく目を見開いた。椅子に座りなおした先生は、

「奥さん、すみません、メガネをお借りしていいですか」

と、言った。彼女はメガネを外した。メガネを外した葉子さんの目はさっきよりも弱々しく、小さかった。隣にいた僕に、メガネを渡すために手を伸ばしたとき、見えた腕時計の針は止まっていた。僕は目を細めてレンズを確認した。その後で、先生に手渡した。

先生は、メガネを陽の光にかざした。メガネのレンズは、カビが生《は》えたかのように無数の傷がつき、汚れていた。北見先生は、辛い表情を浮かべた後、さっきとはまるで違う微笑みを浮かべて、

「葉子さん、ありがとうございます」

と言った。それから、剛田さんに視線を向けると、

「剛田君、このメガネ、洗ってきてあげて」

と、彼にメガネを手渡した。剛田さんはなにかをこらえるように目を細め、そっと受け取った。葉子さんは子供のような瞳で、先生と剛田さんのやりとりを見つめている。

彼がゆっくりとメガネを洗い、戻ってくると、先生は、

「これで、良くなるはずですよ。ちょっと掛けてみてください」

と、葉子さんの耳にメガネを掛けた。葉子さんが何度か瞬きをして、隣にいる正彦さんの顔を見た。正彦さんは彼女の目を見つめた。彼女は手を伸ばして、彼の目ヤニを指先で拭って取った。

「どうですか」

「はっきり見えます。先生、ありがとうございます」

と声をあげた。先生は、うんうんといつものように頷いた。けれども、その瞳はほんの少しだけ潤んでいた。先生は視線をあげると、背後に立っている剛田さんに、

「光彦さんに連絡して、すぐに来てもらってください」

と言った。

きょとんとした顔で葉子さんは、先生を見ていた。その後、そっと止まったままの腕時計の針を確認した。まるでそれは、針が止まっていることを確認しているかのようだった。正彦さんは、奥さんの肩を撫でた。奥さんは、小さな子供を見るときのように、正彦さんに向かって、何度か頷いた。二人の時間も、ずいぶん前から止まっていたのかも知れない。

光彦さんは、連絡を受けるとすぐにやってきた。診察室では、白衣を着た二人の男性が向かい合うことになった。事情を説明し、葉子さんの状態と正彦さんの緑内障の症状を説明した。

光彦さんは、深刻な表情で先生の説明を聞いていた。

「父と母がそんなことになっていただなんて。母まで認知症に……」

「今の段階では、葉子さんが認知症を発症している可能性がある、というところまでですが……、正彦さんの目薬の管理をすることは難しいでしょう」

光彦さんは、そうですね、とため息を吐いてから、顔を上げた。先生は説明を続けた。

「ご病気になられた後も、葉子さんは、病院には絶対行かなくては、ということは覚えていたんですね。だから、毎月、決まった日には来ていた。そして来る前には、必ず目薬を差さなければならないことを思い出して、目薬を差して、眼圧を下げてから、診察に来た。その上、ここでもきちんとした応答をされるので、私たちも気付けなかったのです」

彼は説明を聞いて、しばらくの間、言葉を失っていた。何かを口にしようとした瞬間に飲み込み、唇を結んだ。それからすぐに、小さなため息を吐いて、額に手を当てて、話し始めた。

「少し前から、母も物忘れするようになったな、と思うことはあったのですが、年のせいだろうと思い込んでいました。母に限ってと疑いもせず……。認知症だなんて、想像すらしませんでした。その思い込みが、父の緑内障まで深刻な状態にさせてしまった。私の責任です」

「誰かがもっと早くに気付ければ、良かった。私も目だけを見ていて、お二人の状態にまで心を配ることができませんでした」

それから、しばらく二人は顔を見合わせて黙り込んだ。経験を重ねた二人の医療従事者の沈黙は、重かった。口を開いたのは北見先生だった。

「今回のことに気付いたのは、うちのスタッフの野宮でした。彼がメガネの汚れに目を留めなければ、気付くのはもっと遅れたでしょう」

「確か先日も剛田さんと一緒に、ハイキングに行ってもらったとか。お二人が両親を気に掛けてくださらなかったら、今以上、ひどいことになっていたかも知れません。これから父と母をケアする方法を探していきたいと思います」

光彦さんはそう言って立ちあがり診察室を出た。去り際、僕と剛田さんに深く礼をしてから検査室の扉を開けた。正彦さんと葉子さんに声を掛けて光彦さんは歩き出した。僕は、

「すみません。ちょっと待っててもらえますか？」

と言って、三人を引き止めた。ロッカーから取り出してきた赤いチェックの帽子を葉子さんに見せると、

「まあ、ずっと、これを探していたんです。私の宝物です。これは息子夫婦が私にくれたんですよ。二人が私たちをお祝いしてくれるなんて、それだけで嬉しくて……」

と、先日と同じ説明をして、帽子を受け取った。それから、愛おしそうにその帽子を眺めると、ギュッと胸に抱えた。光彦さんは、なにかをこらえるようにその様子を眺めていた。葉子さんは、そんな彼の表情に気付くと、

「みっちゃんあのね、弘美さんと仲良くするんだよ」

と、小さな子に諭《さと》すように言った。光彦さんの日から涙が溢れた。

僕と剛田さんはその様子を見ないふりをして、三人を玄関まで見送った。光彦さんと、ご夫婦が迎えに来たタクシーに乗り込もうとしたとき、剛田さんが、

「正彦さん、葉子さん、お大事に」

と、声を掛けた。すると、葉子さんは、いつもと同じような笑顔で、会釈して、

「ケンちゃん、いつもありがとうございます。この前みたいに、またうちに遊びに来てくださいね」

と、いつのことを言っているのか分からない、噛み合わないことを話した。剛田さんは、葉子さんの言葉のちぐはぐさに気付いていたようだったが、話を合わせて「そうですね」と頷いた後、

「また、来月お待ちしています」

と、笑顔で言った。けれども、もうここにお二人が来られないかも知れないことも、彼には分かっていた。

光彦さんも剛田さんを見て、もう一度深々と礼をして、助手席に乗り込んだ。葉子さんは、正彦さんの手を取って後部座席に乗せた。剛田さんは、葉子さんの手を取って座席に座らせるとき、彼女の左腕の時計を指さして、

「葉子さん、腕時計の針が止まっていますよ」

と、笑顔で伝えた。葉子さんは、驚いて腕時計を見た。そして、哀しそうな顔をした後、ネジを巻こうとしたがその手は震えていて、うまくネジを回すことができなかった。すると、二人の会話を聞いていた光彦さんが、助手席から一旦《いったん》降りて、葉子さんの手を取って時計のネジを巻いた。

「母さん、ごめんな」と、光彦さんは小さく呟いた。

「みっちゃん、大丈夫。これで大丈夫よ。ありがとう」

と、葉子さんが優しい声で言った。小さな子供に話しかけるような調子だった。光彦さんは寂しそうに笑い、剛田さんを見た。剛田さんも頷いた。その他のことは、なにも言わなかっ

た。ただ剛田さんには似つかわしくない寂しそうな横顔がそこにあった。タクシーがゆっくりと動き始めたとき、後部座席の窓ガラスが開いて、葉子さんが、

「ケンちゃんありがとう」

と言った。すると、葉子さんの右奥から、正彦さんが突然、

「ケンちゃん、ありがとう。ありがとうな！」

と、大きな声で言った。光彦さんはびっくりしていた。剛田さんの瞳から大粒の涙が零れた。それでも彼は微笑んでいた。車は、通りを流れる車に合流し、あっという間に見えなくなった。

剛田さんは、しばらくタクシーの向かった方を眺めていた。

「行っちゃいましたね」

と、僕が声を掛けると、しばらくして、

「そうだなあ」

と、言って黙り込んだ。ふいに、

「見えているようで、見えないことってあるんだな」

と、言った。

僕は、どう声を掛ければいいか分からずに、立ち尽くしていた。放《はな》たれた言葉が沈黙に呑み込まれてしまう前に、僕が思いついた言葉は、

「今日の夜、温泉に行きますか」だった。

剛田さんは振り返った。

「そうだな、とりあえず走ることにしよう。毎日、元気でいなくちゃな」

そして、検査室に戻りながら、

「ノミー、ありがとな」

と、ボソッと声にした。僕は、

「今日も思いきり走るんですか？」

と訊ねた。すると、少しだけ笑った後、

「そうだな」

と言って、剛田さんはため息を吐いた。

呼気が白く濁り、夕闇の中に現れた。吐き出された温かな想いは、そのまま宙空に浮かび、暮れ始めた夜の空に吸い込まれていった。

第5話

光への瞬《しゅん》目《もく》

日曜日の昼下がり、少し早めの夕食を食べにブルーバードに行った。今日のお勧めはビーフシチューだったので、勧められるままに注文した。人手が増えたので、メニューが増えてきたようだ。実家まで電車で一時間。休みの日にたまには帰ってこいと、母親に言われるのだが、相変わらず、この仕事には向いていないと思われているので、質問攻めにあうのが分かりきっている。いつでも帰れる場所にあると思うと、休日を潰してまで足が向かない。遅刻しないように病院の近くにアパートを借りたのだけれど、独り暮らしの怠惰《たいだ》さが染みついてしまった。

コンビニに寄って帰ろうとして空を見上げたとき、ちらりと青く光る影が視界を横切った。吐き出した呼気は白く濁った。冬の風が頬を撫でた。

目を凝らして、その影を追うと、真っ青な小鳥だった。珍しい野鳥だと気がついた。ツィツィと小さな声をあげている。美しい鳥だなと思い近づいていくと、鳥は逃げた。鳥をしばらく追いかけて歩くと、住宅地からは離れた山の裾《すそ》の公園にたどり着いた。小さな池とベンチと十分程度で一周できてしまいそうな遊歩道があった。中学生くらいの少年が一人、大きな木のそばのベンチに座っているだけで他には誰もいない。少年は単眼鏡《たんがんきょう》を持ってなにかを探している。

池の縁にある枯れ木に、青い鳥は止まった。

僕はゆっくりと近づいていった。雀《すずめ》のような形をした青く美しい鳥が枝の上で声をあげて躍っている。鳴き声が響くと、少年も単眼鏡を構えながらこちらに近づいてきた。きっと、この鳥を探しているのだろう。けれども、単眼鏡の方向は青い鳥を捉えていない。少年は池に近づいていく。僕は、小さな声で、

「ほら、あっちにいるよ」

と、伝えた。その瞬間に少年の肩がビクッと持ちあがって縁石に盛大に躓き、単眼鏡を構えたまま転んでしまった。青い鳥は飛び立ってしまった。

「大丈夫かい」

僕が助け起こすと、

「鳥は？」

と訊ねた。

「行っちゃったよ」

と、答えると、彼は肩を落として、大きなため息を吐いた。それからゆっくりと立ちあがった。

「あの青い鳥を探していたの」

彼は、目を大きく見開いてこちらを見た。強い光を宿した大きな瞳がこちらを捉えていた。

一方で、明らかに顔色が悪い。

「青い鳥だったのですか？」

「青い鳥だったよ。雀くらい小さくて綺麗な鳥だったな」

少年はそれを聞くと目を伏せて、唇を尖らせ、それからゆっくりと立ちあがった。僕は足元の単眼鏡を拾いあげた。レンズが割れている。

「これ、残念だったね」

と言って手渡すと、さらに辛そうな顔をして頷いた。

「仕方ないです。周りが見えないから」

と、とても小さな声で彼は言った。

「気をつけてね」

「ありがとうございます」

彼は、生真面目《きまじめ》な性格を覗かせる強張《こわば》った声でお辞儀をした。視線をあげて、こちらを見ようとしたときに、小さく「痛っ」と言って、瞼を閉じた。僕は単眼鏡を構えていた方の彼の瞳を見た。瞼の上に転んだときにできたたんこぶがある。僕はそっと手を当てて、観察した。彼は驚いていたが、手をはねのけはしなかった。

「打撲傷か……。目立った傷はないみたいだけれど、一応、病院に行った方がいいかもね」

「病院の人ですか？」

「どうして」

「いえ、なんとなく。怪我を見る目付きとか口調や雰囲気が、看護師さんとかお医者さんっぽいなって思ったので」

「まあ、そんな感じの人だね。目には少し詳しいかな」

そう話す僕の様子を、彼は見ていた。目を細めたり、大きくしたりしながらこちらの視線を捉えている。人の瞳を見つめすぎる僕が言うのもおかしなことだけれど、不自然な仕草だ。焦点がはっきりとしないのだろうか。

「転んだせいで、なにか見えにくい場所とかできたの」

と、僕が訊ねると、少年はハッとした表情をした後、少しだけ眉をひそめて首を振った。おせっかいかもとは思ったけれど、

「やっぱり明日病院に行った方がいいよ。もし異常がなくても、それはいいことなんだから。なにもなくて健康ってことで」

「どこか近くに、いい病院がありますか」

彼は、眉間のしわを緩めて訊ねた。

「この近くなら北見《きたみ》眼科医院はいい病院だよ。先生が優しいし」

と、自信を持って答えた。嘘は言っていない。彼は、「分かりました」と小さな声で頷いた。

立ち去ろうとすると、「あの」と少年に呼び止められた。

「本当に青い鳥でしたか？」

その言葉にはどこか真剣なものがあった。瞳が潤んだような気もした。

「綺麗な青い鳥だったよ。間違いない。その鳥を追いかけて北見眼科医院の方にある喫茶店から歩いてきたんだよ」

「まだ会えない」

彼は誰に言うともなく、そう呟いた。ずっと鳥を追いかけているのだろうか。僕が彼の瞳を見ていることに気付いて、「ありがとうございました」と会釈してゆっくりと歩いて行った。山からの強い風が公園を吹き抜け、冷たい風が頬を叩いた。少年の切実な瞳が、妙に印象に残った。

それは夢中になって喜びを追求しているときの煌《きら》めいた瞳ではなく、僕がいつも病院で見つめている救いを求めてぎらつく、尖った輝きだった。


午前中の診察が一段落ついて、患者さんがいなくなった。

広瀬《ひろせ》先輩はなんとなく眠そうで、剛田《ごうだ》さんはスクワットを始めそうなほど元気で、丘本《おかもと》さんは不必要なほど検査室を片づけ続けていた。暇なときに片づけを繰り返すのは彼女の癖だ。北見先生にも、眠気がやってきたらしく、検査室に響くほどの大きな欠伸《あくび》をしていた。

とても平和な時間が流れていた。

がらんとした受付で、ぼんやりとテレビを見ていた。剛田さんも横に立って、同じようにサボっていたけれど、誰も僕らを叱りには来なかった。なぜだか昼間に流れていたボクシングの試合を見ていて、強烈な左フックを喰《く》らったボクサーが足元から崩れ落ちそうになった瞬間、僕は「網膜剥離《もうまくはくり》だな」と、呟いた。剛田さんは「眼窩底骨折《がんかていこっせつ》だな」と言った。二人同時だった。

僕らは世界を眼科的に眺めていた。その様子を後ろで見ていた広瀬先輩は、

「私なら、視神経管骨折《ししんけいかん》かな。二人とも、仕事熱心ね」

と、嫌味を言った。

先輩は、待合室の椅子に長い足を綺麗に組んで座り、目を閉じて眉間を押さえた。こらえきれないほど眠そうだ。

「睡眠不足ですか」

と、訊ねると瞼を開いて、大きな瞳をこちらに向けた。

「大丈夫、全然、大丈夫」

と、眠くないアピールをした後、

「最近勉強ばっかりしているから……。検査だいぶん慣れてきたよね。もう、そろそろ、野宮《のみや》君一人でも検査はなんでもできるでしょ」

と言った。

「それはないです。ほとんどなにもできないと思います。相変わらず、なにしても時間がかかっているし」

僕はびっくりして、首を振った。

「時間がかかることと、検査ができないことは違うよ。元々、そんなに筋は悪くなかったからね」

先輩がなにを言っているのか分からなかった。筋が悪くないって僕のことを言ったのだろうか？　言葉の意味を呑み込むために数秒ポカンとしていると、

「勉強しなければいけないことはいっぱいあるし、己惚《うぬぼ》れては駄目だけれど、まったく自信を持っていないというのもプロとしては良くないことだよ」

そう言うと、大きな欠伸をした。

「それってすごく難しいことのような気がします」

「もちろんそうだよ。でも、その自信と疑いとの間でバランスを取って、一つ一つの仕事に向かっていくことが大切。どっちかだけじゃ駄目。どっちもあるとミスが減る」

「大変ですね」

僕がそう言うと、広瀬先輩は笑った。

「大変だよ。でもそれが仕事だから。疑いながら、自信も持って。さあ、患者さんだよ」

振り返ると、学生服を着た少年がドアの前に立っていた。

青白い顔をして、少しうつむいている。制服を着ているので、すぐに分からなかったが、昨日公園で出会った少年だった。制服は私立の有名進学校の中等部のものだった。少年は、中に入ってくると、

「まだ、午前中の診察は受けつけてもらえますか」

丁寧だが親しみは感じられない口調で訊ねた。冷たい雰囲気が受付に響いて、皆、仕事モードに戻った。丘本さんは、

「大丈夫ですよ。こちらに、ご記入お願いします」

と、問診票を渡した。検査室に戻り待っていると、少年が入ってきた。僕を確認すると、少

しだけ目を見開いて、それから会釈した。僕も頭を下げた。

「今日は、どうされたんですか」

と、訊ねると、少年は僕を見た。それから胸元を見て、

「野宮さんっていうのですね」

と、言った。間違いなく僕を覚えていて、意識している。

「そうですよ」と気軽に答えた。

「目が見えにくいです」と彼は言った。問診票にも同じことが書いてある。名前欄には木村《きむら》駆《かける》と書いてあった。

「昨日の怪我で、目が見えにくくなったってこと？」

彼は首を振った。

「昨日の怪我は、なんともありませんでした」

「じゃあ、この見えにくいっていうのは、どれくらい前から？」

「ちょっと前から」

と曖昧に答えた。どれくらい前なのか、自分でもよく分かっていないのかもしれない。見えにくさ、というのは案外気付かないものなのだ。僕はとりあえず、オートレフラクトメーター、眼圧といつもの手順で検査をし、最後に視力検査を行った。結果はあまり良くない。見えづらいと感じていてもおかしくない。両眼の視力差が少しあったけれど、どちらも日常生活を送るのに十分とは言えないレベルだ。この視力で裸眼のまま生活していたのなら、かなり不便だろ

う。北見先生に渡すカルテに検査結果を書き込んでいると、突然、木村君は口を開いた。

「僕、ブドウ膜炎《まくえん》なんです」

検査室に彼の一言が響いた。僕は振り返った。広瀬先輩も彼を見ていた。木村君は嘘を言っているふうではない。

「どうして、それが分かったんですか」

と念のため丁寧に聞いた。すると、悪びれた様子もなく、

「この前まで、東山《ひがしやま》大学病院にブドウ膜炎で入院していたから」

と、言い放った。僕は混乱した。ブドウ膜炎と分かっていて、大学病院で治療もしていて、わざわざ北見眼科医院に来たのだろうか？

とにかく、すぐに大学病院に情報を照会してもらわなくてはならない。広瀬先輩がカツカツと近寄ってきた。そして、木村君の前にしゃがみ込むと、

「東山大学病院に入院していたって言うのは本当？」

と、優しく訊ねた。普段の広瀬先輩を知っていれば演技だと分かるくらい異質なトーンだった。

「本当です」

「正確にはどれくらい前かな」

「一ヵ月半くらい前です」

「それで、もう来なくていいって言われたのかな？」

先輩が続けて訊ねると、木村君はなにも答えなかった。広瀬先輩の目が尖っている。質疑応

答に集中しているのだろう。広瀬先輩は、

「今日は保護者の方は来られてないよね。一人で病院に来たの」

と、さらに詰め寄った。木村君は、口をしっかりと閉じて、うつむいた後、僕の方を見た。

「父も母も、仕事で忙しいから話す時間がありませんでした。でも、病院には行った方がいいって、野宮さんに勧められたのでここに来ました」

広瀬先輩の視線が矢のように僕に刺さった。刺さった拍子に鈍い音が鳴るのではないかと思うくらい鋭かった。数秒間の沈黙の後、誰の口からも答えも手がかりも得られないと判断した広瀬先輩は、北見先生のところに確認に向かった。すぐに戻ってくると近くで見ていた看護師の丘本さんに、

「丘本さん、すみません。東山大学病院の眼科に情報照会してもらえますか」

と、言った。丘本さんの形の良い顎がコクンと縦に動いた。

「じゃあ、大学病院から情報をもらうまで受付でしばらくお待ちください」

そう言われると、木村君は素直に指示に従い、検査室を出て行った。扉が閉まったのを確認してから、広瀬先輩は眉間を押さえて、

「う〜ん、あの子、勝手に来ちゃったのかな」

と、ため息交じりに言った。僕もそう思った。

ブドウ膜炎というのは厄介な病気だ。

ブドウ膜とは目の中心部をぐるりと覆っている膜の名前だ。正確には、目の中に入る光を調

節する虹彩《こうさい》、焦点を合わせるために使われる毛様体《もうようたい》、酸素や栄養を運ぶための脈絡膜《みゃくらくまく》の総称ということになる。これら三つを合わせた形が実際にブドウの実のような形状をしている。

ブドウ膜炎とはその名の通り、ブドウ膜とそれに隣接する組織が炎症を起こしている状態のことをいう。症状は視力低下を始め、充血、飛蚊症《ひぶんしょう》、鈍痛、視野欠損などなど、ありとあらゆる症状が出る。ブドウ膜は、カメラに例えれば、目のレンズ部分ではなく、暗幕部分に該当する箇所とその周辺だ。メガネを掛けても視力は出ない。

そしてさらに厄介なことに、ブドウ膜炎にはさまざまな原因があり、特定するのが、とても難しい。特定できない場合も多く、治療方法も対症療法に限られる場合も少なくない。

「あの子、野宮君のこと知っているような感じだったけれど」

と、広瀬先輩が僕に訊ねた。僕は、

「昨日偶然、近くの公園で出会っただけです。転んで瞼の上を打っていたようなので、念のためうちを勧めたんですよ」

僕がそう答えると、彼女は頭を抱えてしまった。

一時間近く経っても、返信は来なかった。午前中の診療時間も終わろうとしていたときに、北見先生が隣にやってきて、

「さっきのブドウ膜炎の子、大学病院から返信はあったの？」

と言った。丘本さんが、首を横に振った。

「待っているところです。患者さんに後日、来てもらうように伝えますか」

「いや、いいや。東山大学病院だよね。私が電話するよ。その方が早かった。すまなかったね」

と、言って電話をかけ始めた。

「お忙しいところすみません。戸田《とだ》先生。私、はい、北見眼科医院の北見治五郎《じごろう》です。はい……、先ほどこちらからお電話差しあげたブドウ膜炎の患者さんの件です。そうです。それです。ありがとうございます。その患者さんです……、そうですか。そちらでも原因が分からない。承知しました。じゃあ急ぎでファックスお願いします。はい、ありがとうございます」

その後、プツリと声は途切れ、検査室に緊張が広がった。

北見先生は、僕の横をすり抜けて広瀬先輩の方に行き、

「さっきのブドウ膜炎の木村君、広瀬君にお願いできるかな。ちょっと厄介なことになってるみたいだから。カルテはすぐに来るよ」

「分かりました。じゃあ、患者さんを呼んできてもらえる」

と、広瀬先輩が丘本さんに視線を向けたとき、

「手が空いたから、行ってきます」

と僕は、そそくさと木村君を呼びに行った。彼のことが気がかりだった。木村君は、受付の椅子に座って窓の外を見つめていた。

「退屈だったでしょう？」

と話しかけると、

「いいえ、特には」

と、彼は窓を見つめたまま冷淡に答えた。瞳を窺おうとしたが、視線は窓の外の木の上をさまよっていた。鳥を探しているのだろうか。だが、彼の視力では窓の外の鳥は探せないはずだ。それでも、じっと窓を見ている。

「ここにはいないみたいだよ」

と、言うと、ようやくこちらを見て肩を落とした。それから、

「ありがとうございます」と言って、立ちあがった。

「検査室にどうぞ」

と、促すと、名残惜しそうに枝を眺めながら検査室に入った。


僕は、それとなく検査を覗き見していた。

どの検査も木村君は真面目に受けているが、広瀬先輩の表情はやや渋い。

ブドウ膜炎は、完治していないのだろうか。

検査が一通り終わり、北見先生の診察が始まった。だが、診察はスムーズには進まない。木村君は訊ねられたことに、ある程度答えてはいるが、「見えにくい」という以外は、はっきりした自覚症状はない。先生は突然、立ちあがって、半暗室にしていた診察室のカーテンを音を立てて閉めた。僕と剛田さんも顔を見合わせた。こんなことは、初めてだった。たぶん完全暗室にして顕微鏡の精度をあげようとしているのだろう。先生はそれほど集中して、木村君を診

察しようとしているということだ。

なにかが起こっている。

そこにいる誰もがそんなふうに感じたのだろう。検査室も診察室も緊張感と静けさに満たされた。しばらくして、カーテンは元のように開かれた。

目をシパシパさせて、左肩を押さえながら北見先生は「う～ん」と呻《うめ》いた。この「う～ん」は困ったときの「う～ん」だ。木村君は両膝に載せた拳でズボンの生地を摑み、軽く握りしめていた。彼の瞳にあったのは緊張よりも、恐れだった。自分でもよく分からないなにかに向かい合っているときの患者さんの瞳だ。

彼は、自分が病気であることを自覚していた。北見先生もその様子を真摯《しんし》に受け止めている。話し始めたときの先生の口調は穏やかなものだったけれど、表情は強張っている。

「カルテを見る限り、ブドウ膜炎の症状は治まっているようだね。一番ひどいときは過ぎたようで、外来でもいいというくらいまで回復している。大学病院で治療をしているようだけれどここに来た理由は？」

木村君は聞こえないくらい小さな声で「ごめんなさい」と言った。北見先生は小さなため息を吐いた。

答えたくない、という彼の気持ちを汲《く》んで、先生は説明を続けた。

「現状では、確かに視力は下がっているようですから、大学病院で出された目薬を続けてください。とりあえず様子を見ましょう。また来週、来てください」

渋い顔をしていた。先輩と先生が二人揃って、手がかりすら摑めないということはあまりない。

診察室から出ていくとき、木村君はふいに僕の方を見た。なにかを言いたそうだったけれど、すぐに言葉を吞み込んでしまった。話すには誰もが彼に注目しすぎていた。

彼が行ってしまった後で、広瀬先輩に木村君の病状を聞いた。

「お手あげ状態ね。質問にほとんど答えてくれないってところもあるけれど、そもそも、なぜこんな状態になっているのかが分からない」

「こんな状態というと？」

「ブドウ膜炎の治療はほぼ終わっているらしいんだけど、ブドウ膜炎を発症していない左目の視力まで落ちている。現在、両眼共に0・1くらい。大学病院側でも散々調べたけれど原因が分からないらしい。本人も見えにくいとは思っているみたいなんだけれど、それ以上のことは出てこない」

「それはまずいですね」

「そうなの。ブドウ膜炎が両眼に広がっているのか、それとも別の理由で視力が低下しているのか見当もつかない。分かっているのは、大学病院の方でもお手あげだったということだけ。そして、今日はこっちでもお手あげだった。野宮君に代わってもらった方が良かったかも。次のときは野宮君お願い」

そう言われても、広瀬先輩がお手あげなら、僕にだってお手あげだろう。

「私にできないことを、野宮君ができることだってあると思うよ」

「そうでしょうか」

「人がたくさんいるってことは、それだけ可能性があるってことだから、そういうこともあるよ。さあ、お昼休みだよ。一息つきましょう。久しぶりに本当に疲れちゃったな」

「そうですね」と頷いてから、検査室を出ていく先輩を見送った。

僕は木村君の切実な瞳を思い出していた。

彼のために僕ができることがあったのだろうか。


昼食のために外に出ると、丘本さんから声をかけられた。彼女もお昼ご飯に外に出てきたらしい。病院の中では結んでいた髪を、ほどいている。解放感が笑みと共に表れている。

「最近、よく外に出て食べてるけど、どこに行ってるんですか」

「ブルーバードですよ」

「先生たちがときどき話している緑内障《りょくないしょう》の三井《みつい》さんのお店ですよね。私も行ってみたいです」

「じゃあ、一緒に……」

と、話していると、ツイと甲高《かんだか》い声が聞こえた。昨日と同じ鳥の声だ。目をあげると病院前の通りの木に青い鳥が止まっていた。

おお、と隣で声が聞こえると、丘本さんは、鞄から素早くカメラを取り出して、鳥を連写し始めた。高速のシャッター音が響いた。さすが丘本さんだ。どんなときも一眼レフを持ち歩いているのか。五メートル以上離れた場所に青い鳥は止まっていた。前を向いたり後ろを向いたりして躍っている。

「こんな距離、撮れるんですか」

と、僕は訊ねた。彼女のカメラのレンズの鏡筒は短い。望遠性能は良くなさそうだ。

「いや、やっぱり、無理だったかも……」

彼女はカメラを下ろして、肉眼で鳥を見た。

「綺麗ですね。青が躍ってる」

明るい陽の光の中で見る鳥は、曇天《どんてん》の暗がりの中で見た鳥とはまるで違った。海や空の青ではない見慣れないほど深い青が空間に一つポツンと現れたようだ。生き物が放つ独特の印象と、動きの不規則さが、青い焔《ほのお》のように迫ってくる。

美しい生き物に対峙《たいじ》すると、厳かな気持ちになる。誰かの瞳を覗いているときも、この青い鳥を見つめているときと少しだけ似た気持ちを感じている。

生き物には珍しい青という色が、普段では考えないようなことを強く意識させる。

二人でしばらく鳥を見上げていると、背後から足音が聞こえた。振り向くと木村君がいた。

彼は、青い鳥を探している。僕は、「あそこだよ」と木の上を指さした。彼が視線をあげた瞬間、鳥は飛び去ってしまった。ツィという小さな囀《さえず》りだけが残った。

「もうちょっとだったのに」

と、彼は呟いた。

「残念だったね」

と、僕が声をかけた。

「やっぱりこのあたりにいるんですね」

「昨日は、この近くの喫茶店の方で見かけたよ」

「その喫茶店はどのあたりですか？」

「僕らもこれから行くんだけど、一緒に来るかい」

と、言った。すると、

「ぜひ、お願いします」

と、はっきりとした意志を感じる声が響いた。僕らはブルーバードまで歩いた。木村君は少し離れて後ろをついてきたので、うまく会話することはできなかった。なにより、見るからに彼は落胆していた。

美しく珍しい鳥であるのは確かだけれど、それほど気を落とすようなこととも思えない。僕と丘本さんは顔を見合わせた。

「ルリビタキですよね？　あれ」

「ルリビタキっていうんですか。あの鳥」

「ええ。たぶんそうだと思います。冬にだけ低地に下りてくるんです。珍しい鳥ですよ。この辺では私も初めて見ました」

「野鳥に詳しいんですね」

と、僕が言うと、

「最近、目覚めたんですよ。野鳥撮影に。秋になって枯れ葉が落ちたころに、鳥が目につくようになっちゃって。この前なんか、超望遠のレンズとテレコンとがっちりの三脚なんて買っちゃいました。レンズ単体で言えば、最高額の買い物で、ボーナスはこれで飛びそうです。金欠です」

と嬉しそうに答えた。声はもうすでに囁《ささや》き声《ごえ》ではない。

「それはすごそうですね。医療機器くらいするんじゃないですか?」

「いえいえ、とんでもない。北見先生の使ってる細隙灯顕微鏡《さいげきとうけんびきょう》の方がずっと高いレンズが入ってますよ。あれって何百万もする機材なんですよね? さすがに私も車の値段みたいなレンズは買えないです」

ボーナスがまるごと飛んでしまうような買い物をしてしまうのもすごいことだと思ったけれど、

「え、そうなんですか? スリットランプってそんなに高いんですね」

と、話を合わせておいた。そして、診察室に行ったとき不注意で、その何百万円もする機材に肘《ひじ》をぶつけてしまったことを思い出した。先生は笑って許してくれたけれど、笑い事ではすまないことだったかもしれない。

「眼科で使われているレンズとかって、目っていう小さい的のさらに細かいところを、鮮明に詳細に探り出すためのものばかりですよね。それはやっぱり、レンズメーカーが本気を出してくるところだと思いますよ。私、ときどき野宮さんや広瀬さんが羨《うらや》ましくなっちゃうときがあります」

「僕らが、ですか」

「ええ、だって、野宮さんなんて、最高の機材を使って、自分の大好きなものを毎日撮影しているようなもんじゃないですか？　生き生きと仕事しているときとかありますよ。ほら、この前入った、ＯＣＴのついた超広角眼底カメラをいじっているときとか」

「ああ、あれは……」

確かに、面白い。患者さんの健康に関わる仕事なので、楽しさだけで仕事をしてはいけないとは思うけれど、何度扱っても、あの眼底カメラの映像は美しかった。とはいえ、検査室に導入してもらってからも数えるほどしか使う機会はないけれど。

「北見眼科医院に初めて来たときとは、全然違う雰囲気ですよね」

「そうですか？」

「なんていうか、医療従事者って感じの顔になってきましたよ」

「一年も経っていないのに、変わるものでしょうか」

「人の顔なんて数ヵ月で変わっちゃいますよ。大きな出来事があればもっと早く。簡単に良くも悪くもなっちゃうんだなあって思います」

「少しはマシになっていればいいのですが」

と笑って答えると、

「いいスタッフの顔ですよ」

と言ってくれた。その言葉が妙に嬉しかった。

病院に勤め始めて、時間が経つうちに、病院＝医師ではないのだと思うようになった。医師の診断を支えるために幾つものシステムや機材がそこにあり、たった一人の治療のために何人もの医療従事者が力を尽くしている。機材や、知識や、経験を、たった一つの判断のために惜しみなく注《つ》ぎ込《こ》んでいく。患者さんには見えないかもしれないけれど、何気なく流れていく一つ一つの所作は、研鑽《けんさん》と研究と膨大な経験によってようやく得たものが多い。その高度に洗練された流れを、僕は、仕事として感じ取っていた。その流れの最後の場所に、医師の診断があり、患者さんの治療と人生がある。それは病院の遥か外にも繋がっていて、誰かの笑顔や、瞳の輝きになる。北見先生は僕らがチームで行う仕事の最後の一手を決断してくれる人なのだ。先生を誇らしく思い、頼もしく思うことは、不思議とチームを信じることそのものであるような気がした。

「そうそう、遥香《はるか》ちゃんも今では、別人みたいですよ」

丘本さんの友達のカラコン依存症だった玉置《たまき》遥香さんのことを思い出した。そういえば、つい先日も検査に来ていた。僕の担当ではなかったけれど、受付で顔を合わせたとき明るい声で挨拶してくれた。出会ったときとは違う眼差しを向けてくれる。誰かが元気になっていくのを見るのはいいものだなと思った。

ブルーバードに着くと、店の看板を見た木村君が、

「青い鳥」と呟いた。

いつものようにカウンターに腰かけると、マスターの三井さんが、

「お連れさんと一緒というのは、珍しいですね」

と言いながら近づいてきた。丘本さんは、三井さんに挨拶しながら、

「うわ、素敵なお店ですね」

と歓声をあげ、素早く店内の撮影可否を訊ねた。三井さんは笑顔で頷きながら席に座るように勧めた。木村君は僕の左隣に、丘本さんは右隣に座った。

「連れというか、患者さんと同僚です。成り行きでここに一緒に来ました」

と、木村君を紹介すると、三井さんは驚きながらも嬉しそうに微笑み、

「それじゃあ、私と一緒ですね。私も北見眼科医院に通っているのですよ。三井と言います。あなたは？」

と木村君に訊ねた。彼は、

「木村です。よろしくお願いします」

と、礼儀正しく挨拶をした。三井さんは満面の笑みだ。若い人と話ができて嬉しいのだろうか。

「この近くで青い鳥を見ませんでしたか？　ここならどなたかご存知じゃないかと思ったんです」

昨日公園で見たときと同じ、切実な瞳だった。三井さんもなにかを感じたらしく、

「青い鳥？　どうして、鳥がそんなに気になるんですか」

と訊ねた。彼は答えなかった。僕らはただ待った。木村君は、僕らが作り出した沈黙に耐えているようでもあった。いたたまれなくなって、僕は思わず、

「鳥のどんなところが好き？」

と質問を変えた。彼はまた難しい顔をした。きっと、言葉は途切れて会話は終わるのだろうと思ったそのときに、

「瞳が好きです」と彼は言った。

「いまはよく見えないいんだけれど……」

と申し訳なさそうにつけ足した。まるでそれが自分自身の責任であるかのような言葉だった。

「羽とか、形とかじゃないいんだね」

「羽とか形とか、飛んでいるところも好きだけれど、瞳が好きなんです。こんなこと言ってもあんまり理解してはもらえないいんですが」

と、さっきよりも小さな声で答えた。

僕は彼の瞳を見た。それは強くもあり、弱くもあった。彼は、自分自身にすら理由の分からない大好きなものを、勇気を出して打ち明けたのだろう。自分が本当に愛しているものについて語るのはとても難しい。僕は、彼の呟きのような一言に動かされていた。

「どうしても鳥を追いかけたいんだね」

彼の瞳に向かって確かめるように話すと、言葉は返ってこなかったけれど、強い視線が目に

飛び込んできた。

僕は自分では気付かないうちに、彼に鳥を見せてあげるための方法を考え始めていた。どうしたら、彼はその瞳に青い鳥を捉えられるのだろう？

「その鳥を簡単に見つけるのは難しいと思いますが、心当たりがあるので聞いてみましょう」

と、三井さんは言った。

「ありがとうございます」

と、木村君は頭を下げた。彼は微笑んだ。

「かなり目のいい人か、高倍率の双眼鏡なんかを持っている人じゃないと観察できないと思いますよ。常連のお客さんに話を聞いたことがあります。長年野鳥を趣味で追っているハイアマチュアのカメラマンで、並々ならぬ時間と労力を野鳥を追いかけることに捧《ささ》げている方です。うちの店が、ブルーバードという名前なので、作品をプレゼントしてくれました。ほら、そこに彼の撮った写真があります」

と、カウンターの奥にある棚からポストカードよりも一回りほど大きな額に入った写真を持ってきてくれた。そこには、僕らが先ほど見た青い鳥の鮮明な姿が写っていた。木村君は写真立てを受け取ると両手で抱えて食い入るように見つめていた。

「その写真も、大口径の長いレンズを着けて撮影したものらしいです。警戒心の強い鳥らしくて、少しでも物音を立てれば逃げていくので、本人曰く奇跡の一枚ということでした。追っているのはこの鳥でしたか」

その質問に、木村君は頷いた。その瞳がわずかに熱くなっていた。

「なかなか、厳しそうだね。まず鳥を見つけるために視力を回復させないと」

と、僕が言うと、彼は、見開いていた瞼を少しだけ閉じて、

「どうして僕の目は、こんなふうになっちゃったのかな……」

と呟いた。年若い患者さんの哀しい言葉を僕はそれまで一度も聞いたことがなかったからかも知れない。『どうして』という問いに答えはない。病の理不尽さは、たいていの場合、その『どうして』の答えを、はっきりとは求められないところにある。

「どうしてうちの病院に来たの」

「大学病院じゃ治らない気がしたから」

と、しばらく考えた後答えた。常識的に考えれば、設備の整った大学病院で治療した方が良い結果が得られるはずだけれど、彼の言っているのは、治療そのもののことじゃないのだろう。

「どうしてなのか分かりません。でも、青い鳥を見た後、野宮さんに会ったので、野宮さんが紹介した病院に来るのが良いような気がしたんです」

「私もなんとなく、その気持ち分かるなあ」と丘本さんが言った。

「え、どういうことですか」

「野宮さんって、頼りがいがあるっていう雰囲気は持ってないんだけれど、この人ならどうにかしてくれるかもって思わせるところがあるなあって思って」

それを聞くと三井さんが笑った。

「とにかく治療を頑張っていこう。僕らも全力で頑張るからね。次は保護者の方と病院に来てね」

と木村君に伝えた。

「父も母も、あまり休みが取れないのですが、頑張って伝えてみます。よろしくお願いします」

と、それだけ言って頭を下げた。その後、ウェイターの門村《かどむら》さんが威勢良く、オムライスを三つ運んできた。真っ白い皿に載った黄色くて丸いフワフワの塊《かたまり》が、可愛らしく見えた。目の前に差し出されて、デミグラスソースの香りが鼻先に漂ってくると、お腹が鳴った。

青い鳥の写真を眺めながら、オムライスを頬張った。木村君も同じことをしていた。

僕はどこかで、木村君を中学時代の自分に重ねていた。自分にとって大切なものがなになのかは分かっているけれど、それはほかの誰かと容易に共有できるようなものじゃない。

けれどもだからこそ、それに焦《こ》がれ、求めてしまう。

彼の抱えているものを、僕は懐かしむように眺めていた。同時に、僕は彼のカルテを思い出していた。次に彼の検査が回ってきたときに、どうすればいいのかを考えていた。

広瀬先輩ですら、手がかりの摑めない現状を僕が打開できるのだろうか？

彼の瞳に、いったいなにが起こっているのだろう？


翌週、木村君はまた病院にやってきた。話していた通り、お母さんも一緒だった。木村君の表情は先週よりも厳しかった。検査室に入ってきた彼に挨拶をすると、小さく会釈した。お母さんは深々と僕に頭を下げた。きちんとした身なりの小柄なお母さんで、心配が顔に張りついているようだった。木村君と同じくらい顔が青く、疲れ果てていることは一見して分かった。広瀬先輩が気付いて、手に取った木村君のカルテを僕に渡そうとしたとき、北見先生がやってきて、

「野宮君、これからGPお願いしていい？」

と、言った。タイミングが悪い。GPの検査に入ってしまえば、一時間近くは戻ってこられない。とはいえ、先生からの指示を拒否するわけにもいかない。先輩はため息を吐いて、

「先生の指示に従って検査してきて。木村君の検査を野宮君がした方がいいというのは、私の勘みたいなものだから」

と言って、手渡そうとしていたカルテを引いて木村君を案内した。僕は、剛田さんから別の患者さんのカルテを受け取り暗室の方へ向かった。木村君が検査室に入ってきたとき、こちらを見て、会釈した。僕も頭を下げたけれど、それ以上のことはできなかった。

かなりの忍耐と集中力を要するゴールドマン視野計での検査が終わり、眼精疲労を感じながら暗室から検査室に戻った。診察室で、木村君のお母さんと先生が話していた。木村君がいないということは、待合室で待たされているのだろう。

「状況としては、お話しした通りです。治療はほぼ終わっていると言っていい状態ですが、両眼とも視力が落ちています。こういう状態はあまり見たことがありません。お家《うち》でなにか変わったことはないですか」

「家では特にないのですが、よく寒空の下、鳥を追いかけています」

「鳥を。小鳥ですか？」

「ええ。駆は、いつも義父からもらった単眼鏡を携えて小さな青い鳥を探しているんです。あいうものは、やらせていてもいいものなのでしょうか。つい先日まで入院していたのに、外を歩きまわっているようです。もしかして、回復しないのはそれが原因なのでしょうか」

「そうとは言えませんが……、それで、鳥は見えているのですか。たぶん今の視力では小さな鳥は追えないと思いますが」

「見えてはいないようです。偶然かなり近くに来れば見えるようですが……。鳥を探せない、と言っていました。ですが、毎日山の近くの公園に探しに行くのです。寒いのに。私も息子が帰ってくる時間は仕事に出ているので、止めることもできません」

お母さんは視線を下げて話した。

「どうして、それほど鳥を探すのでしょう？」

「義父と約束していたらしいのです。義父と駆は仲が良くて、いつも二人でバードウォッチングをしていました。駆には兄弟がいないこともあって、近くに住んでいた義父と過ごす時間が長く、小さなころから近所を一緒に散歩して野鳥を見つけては喜んでいました。私には野鳥のことはよく分かりませんが、ルリビタキとかいう珍しい青い鳥を見つけるのが、長年の目標だったみたいです」

「ほお、ルリビタキですか」

「ご存知ですか」

「写真でなら、見たことがありますよ。今はお義父《とう》さんと一緒には探していないのですか？」

彼女は言いにくいことを伝えるように、疲れた声で、

「この冬に他界したばかりです」と言った。

「それは……」

先生は目を見開いた。お母さんは先生の様子を確認した後、目を伏せた。

「ショックだったと思います。駆が入院しているときでした。駆の体調が一番悪い頃で、身体に障《さわ》るといけないと思い、義父の死をすぐには知らせませんでした。葬儀にも参列できず、そのこともショックだったようで、口をきいてくれなくなりました。私もいま、あの子がなにを考えて鳥を探しているのか、はっきりとは分からないのです。やめさせた方がいいでしょうか」

先生は、腕組みをして考えていた。そこに沈黙が生まれ、お母さんが視線を落とすと、沈黙はさらに耐えがたいものとして診察室に広がっていった。

「無理をするのは良くないことですが、外を散歩する程度のことは問題ないと思います」

そして、ふたたび二人の間に沈黙が広がった。先生も考えあぐねているようだった。お母さんは、訊ねられもせず話し始めた。

「どこか虚《うつ》ろな感じで、学力も下がるばかりです。私たちが駆に構ってあげられないのが悪いのでしょうか。来年は受験なのに、どうしたらいいのでしょう」

先生は眉間を押さえた後、手を膝の上に置き、彼女の方へ向きなおった。

「このまま少し様子を見ましょう」

先生が話したのはそれだけだった。お母さんは次の言葉を待っているようだった。だが、診察が終わったことに気付くと、「よろしくお願いします」と深々と頭を下げて検査室を出て行った。診察室には、重い空気だけが残った。先生はカルテを前にして、手を止めていた。感情を押し殺した表情の中に、苦しみを抱えた瞳があった。だが、先生はすぐにカルテに目を落とし、素早く書き込みをすると師長に手渡した。僕は診察室から離れ、先輩に木村君の検査結果を聞いた。

「真剣に検査したつもりだけれど、この前とまったく同じだった。私の力不足かなと思っちゃったな」

と、言った後、ため息を吐いた。いつも前向きな先輩の落ち込んだ様子を見たのは初めてだった。僕はそれを聞きながら、木村君ががっくりと肩を落とした様子を思い出していた。寒空の下、青い鳥を見るために壊れた単眼鏡を抱えて歩く彼の姿が目に浮かぶようだった。

「なんとかしてあげたいですね」

と、僕が言うと、先輩は小さな声で、

「どうしようもないね」

と、言った。先輩の口からその言葉が出たことで、僕もまた余計に落ち込んでしまった。それは自分でもびっくりするほど、胸に深く沈んで痛みを与える言葉だった。

その痛みが、ほんの少し悔《くや》しさとして僕の中で滲んだ。

僕はたぶん、木村君の検査がしたかったのだ。彼をどうにかしてあげたいと思っていた。

どうすれば、手がかりを摑むことができるだろうか。検査のイメージだけが頭の中で動き続けていた。


その日の仕事終わり、門村さんからメールが入っていた。雨の日のあの事故のとき、連絡先を交換していた。

『青い鳥の見つけられる場所、分かったので知らせます。冬の間だけ、この近くの東山大学病院や、うちの店の周り、それから山側にある公園を飛んでいることがあるそうです。最後は公園の池の周りの一番大きな木に止まってしばらく休んで、それからさらに、山奥に帰るみたいですね。公園より先は誰も見つけられなくなってしまうらしいです、マスターからの伝言でした。青い鳥が見つかるといいですね』

僕は丁寧にお礼のメールを打って更衣室を出た。そこで、ばったりと会った丘本さんにメールの内容を伝えると、週末の予定を即座に聞かれた。嫌な予感がした。

「また、荷物持ちですか」

と訊ねると、そうだ、とはっきり言った。ポートレイトの撮影のために荷物持ちをやらされた初夏のことを反射的に思い出した。

「この前、ブルーバードで三井さんから、ルリビタキの情報を聞いてから、うずうずしちゃって。明日は、天気が良い上に、風もないみたいだから、野鳥撮影には最高だと思うんですよ。野宮さんの自慢の腕を貸してもらえませんか」

「いつもは一人で撮影できているんじゃないですか？　僕がそんなに必要だとは思えないんですが。それにお手伝いなら玉置さんに来てもらうといいと思います」

「今回は野宮さんじゃないと駄目なんです。遥香ちゃんは最近、大学が忙しいらしくて構ってくれないんです。だから野鳥を撮っているっていうところもあるんですよ。まあ、鳥も好きですけどね」

と肩を落として言った。僕でないと駄目というのはどういう意味なのだろうと、考えているうちに、彼女は、息を吸い込んでから語り始めた。

「詳しい話をすると、いつもは、焦点距離四百ミリっていう超望遠レンズでもギリギリ手持ちのまま撮れるようなラフなスタイルで撮影しているんですよ。どこに鳥がいるか分からないし、三脚立ててたら、すごく目立つから恥ずかしいんですよね。でも今回は、鳥がいる場所は分かっていて、なおかつ、それが木の高いところなので、焦点距離六百ミリっていうかなり大きなレンズをつけて、がっちりの三脚を立ててルリビタキが現れるのを待ちたいんですよ」

「つまり、それって、すごく重くて、撮影も大変で、なおかつ恥ずかしいから、一緒に耐えてくれってことですよね？」

「そういうことです」

と、彼女は満面の笑みをこちらに向けた。僕も、反論の代わりに、彼女と同じくらいの笑顔

で彼女を見つめた。睨み合いがしばらく続いた後、

「青い鳥を見つけたら、木村君にも教えてあげられると思うんですよ」

と、彼女は言った。僕は大きなため息を吐いた。僕の弱いところをよく知っている。木村君が「瞳が好きです」と言ったときのあの視線を思い浮かべた。

「分かりました、行きます」

と、僕は承諾した。これで週末の筋肉痛は確定だろう。

丘本さんは獲物を手に入れた猫のような目でこちらを見つめた。

「ありがとうございます」

嬉しそうにあげた声は、感謝というよりは、達成感に満ちていた。

次の日の昼ごろ、丘本さんはいつもと同じ真っ赤なハスラーに乗って迎えに来た。雲一つない青空が冬の日に広がっていた。久しぶりに少しだけ暖かかった。挨拶をして、車に乗り込んだとき、サングラスを掛けていた丘本さんの口元は美しく吊《つ》りあがり、上品なカーブを描いた。

「写真日和ですね。今日はよろしくお願いします」

と、喜びに満ちた声で言った。獲物を狩りに行くときのような高揚感を感じる。期待の表れなのだろうか。僕はため息を吐かないように、シートベルトを締めて前を向いた。

「今日は青い鳥を追いかけましょう」

と彼女は言った。僕が、そうですね、と気のない返事をすると、

「青い鳥は幸福の象徴らしいですよ」

と、冗談めかして言った。

仕方がない。今日は、思いきり彼女の願望と、木村君の希望のために手を貸そうと決意した。

アパートから車を発進させると、大きな通りに出る間もなく、車は意外な場所にたどり着いた。北見眼科医院だ。駐車場に車を止め、彼女は降りた。後部座席のドアを開け、僕を呼んだ。彼女の隣に立つと、でっかい三脚と、細長いずっしりとした長方形のバッグ、それからリュックを渡された。彼女は、その後、別のリュックを抱えると病院の中に入っていく。僕も後へ続いた。

「どうしてここなんですか?」

「門村さんからのメールの通りですよ。このあたりから公園の方へ向かって飛んでいくって。それがルートだと思うんですよね」

と、両手でリュックのベルトを抱えて階段を上りながら言った。僕は荷物を抱えて、彼女の後について行った。検査室のある二階に行くのかと思いきや、彼女はそのまま三階へ上り、さらにもう一つあがって、鍵《かぎ》を使って扉を開けた。外気が頬を通り過ぎていった。

そこは病院の屋上だった。

検査室とほぼ同じくらいの広さのテラスが広がり、周囲には低い柵《さく》がついていた。木村君と出会った公園の場所まで見わたすことができる。その向こう側には二つの大きな山が折り重なるように並んでいて、公園は谷間の入り口に位置していることが分かる。風は緩やかに山の方から吹きつけてくる。屋上は少し寒い。

「ここから、望遠を使って鳥を探せば、見つけられると思うんですよね。昨日、先生に事情を話して鍵を貸してもらいました」

これが僕じゃないと駄目だという理由か。確かに、スタッフ以外ここに入れるわけにはいかないだろう。ここに立ち入りができて、なおかつ、暇そうで、突発的な頼みを聞いてくれそうな都合のいい人間は、僕だけだったのかも知れない。

「よく貸してくれましたね？　完全な私的利用なのに」

「二つ返事で貸してくれましたよ。上手な写真だったら病院に飾りたいね、って言ってくれて。先生、優しいですよね」

北見先生には確かにそんなところがある。医療以外のところでは、どこまでもゆるく、穏やかで優しい。僕は頷いてから、あたりを見回した。

「こんな場所があるなんて知りませんでした。初めて来ました」

「昔はここでバーベキューしたりしてたみたいですよ。夏になると花火大会もここから見られるらしいです。最高ですね」

最高ですねは、たぶん、ここからなら撮影スポットとして最高ですね、という意味なのだろう。声がいつもよりも弾んでいた。

病院はこのあたりで一番高い建物で、なだらかな丘の上にあって住宅街を見渡すことができる。昨日、ルリビタキが止まった木も屋上から観測することができて、まさに一石二鳥だった。

電柱も電線も木も建物もない。冬の日の青空だけがあった。

しばらく空を眺めていると、気分が少しだけ落ち着いてきた。

ずっと黙っていたけれど、その間、彼女も待っていてくれた。

僕が彼女の方を見るとようやく、

「私がこっちを見ますから、野宮さんは木の方を見ていてください」

と言って準備を始めた。

彼女はリュックから、キャンプ用の椅子を二つ取り出し、三脚を組み立てると、僕から長方形の鞄を奪い取って、彼女の腕よりも大きな口径のレンズを取り出した。

出てきたのは、これまで見たこともないような、どデカい筒だった。

彼女は僕にそれを持たせた後、カメラに装着されているレンズを取り外し、僕が持っているレンズのマウント側の蓋を取ると、外した方のレンズに着けた。その後、カメラを下向きにしたまま、僕に持たせているレンズにカメラを半回転させながら装着した。カチリという小気味の良い音が鳴った。素早く真剣な動作だった。

それから、三脚を設置し、僕に椅子を勧めた。僕が木の方を眺めて、彼女に背を向けると、彼女は「野宮さん」となにかで僕の腕を軽く叩いた。視線を向けると、そこにはがっしりとした双眼鏡があった。

「これで探してください。そして見つけたら指さして教えてください」

彼女も同じくらい大きなものを首から下げていた。

「双眼鏡を二つも持っているってすごいですね」

「今日のために買い足しました」

「わざわざ買ったのですか？」

「ルリビタキを撮影するための投資です。頑張りましょう」

丘本さんは金欠だったのではないだろうか。

「そんなに簡単には見つからない気がしますが……」

「だから、待ちましょう。そのための野宮さんです」

なるほど、と、僕は納得した。

それから一時間、寒空の下で待ち続けてみたが、ルリビタキはやってこなかった。時折、鳥の声が聞こえて、双眼鏡でそちらを覗いてみるけれど、ほかの鳥だった。これまで注意してみなかったけれど、慣れてくるといろんな鳥が僕らの生活の中にまぎれ込んでいるのだと気がついた。丘本さんは、丁寧に見つけた野鳥の名前を教えてくれた。

カラスや雀や鳩《はと》だけではなく、灰青色《はいあおいろ》のふっくらとした羽が美しいヒヨドリや、高い木の幹を機械のような正確なリズムで鳴らすキツツキの仲間のコゲラ、橙色《だいだいいろ》と黒い羽毛の対比が上品なジョウビタキなど、じっとしているだけでさまざまな鳥が木や屋上の柵の上に止まった。

普段人が来る場所ではないので、野鳥は北見眼科医院の屋上に親しんでいるのだろう。丘本さんは、野鳥が来る度に、三脚に固定されたレンズを、ぐるりと回転させて鏡筒を向け、スナイパーライフルよろしく野鳥を一羽一羽、デジタルカメラのセンサーの中に取り込んでいった。シャッター音はマシンガンの連射音のように屋上に響いた。連射音が鳴りやんだ後、背後から立てつけの悪い扉が開く音が聞こえた。

「ここで、なにしてるの？」

そこに立っていたのは、真っ黒なダウンのロングコートにフードを被った長い髪の女性だ。数秒見つめていると広瀬先輩だと気付いた。病院の中では髪を束ねているので、分からなかった。かなりしっかりした防寒着だ。よほどの寒がりなのだろう。僕らは立ちあがって挨拶した。

「バードウォッチング兼撮影会です。冬を満喫しております」

と、丘本さんは嬉しそうに報告した。先輩は近づいてきてフードを取った。

「へえ、いいね。こんな住宅地で野鳥なんて観察できるの」

「結構、いっぱいいますよ。もう三、四種類は撮りました。広瀬さんこそ、どうしてここへ？」

「携帯をロッカーに忘れちゃって。昨日は金曜日だから疲れ果てていて、さっき起きて病院に来たところ」

「広瀬さんでも、忘れものとかするんですね」

と、丘本さんが言った。僕もそれが意外だった。

「最近、論文の追い込みやってるから。寝不足になってきて注意力散漫」

「論文、書いているのですか」

「視能訓練士になったころから、やってみたいなって思ってたんだよね。臨床も好きだけれど、人の目の機能とか視機能学全般に興味があって、北見先生や知り合いの眼科の先生に勧められて書き始めたんだよ。こんなに大変だとは思わなかったけれど」

「それで、いつも眠そうだったのですね」

「昨日やっと山場を越えたよ。この一年は、勉強したな。野宮君と同じだね」

と、言って先輩は笑った。検査室にいるときとは違う柔らかい笑顔だった。瞳を覗き見ると、これまでで一番優しく輝いていた。

「先輩も大変だったんですね」

「お互い頑張りどきだったね」と、先輩は言った。

「大掛かりな撮影機材があるけれど、なにか狙っている鳥とかいるの？」

「ルリビタキが出るらしいんですよ」

「ルリビタキ？」

「青い鳥です。雀くらいの大きさで、真っ青な……」

「それってあれのこと？」

と、木の上を指さした。僕らは振り返り目視で鳥を確認した。陰に隠れて見えにくかったが、確かに青い影が動いている。五メートル先に、ルリビタキがいた。慌てて双眼鏡を向けるけれども、倍率が高すぎて、鳥が止まっている枝そのものを探せない。

「うわ、オートフォーカスが枝にピント合わせろ！」

と丘本さんは、声をあげている。僕らがあたふたしているうちに、鳥は枝から飛び去ってしまった。

「綺麗な鳥だったね」

肉眼でずっと鳥を視認していた先輩が、嬉しそうに呟いた。

「広瀬さんって、鳥を見つけるの上手いんですか？」

と、丘本さんが訊ねた。

「上手いかどうかは分からないけれど、細かいものを見るのは得意かも。いまだに裸眼視力が2・0あるし」

「すごい。良かったら私たちに力を貸してくれませんか？」

私たち？　私に、の間違いじゃないのかと思ったが、僕は黙っておいた。先輩はしばらく、考えた後、

「今日は久しぶりにお休みを満喫しようと思っていたから、つき合おうかな。たまには外に出るのも悪くないかもね」

「ありがとうございます。じゃあこれを」

と、言って丘本さんは、自分の首に下げていた双眼鏡を先輩に渡した。先輩は手渡されたレンズをクルクルと回しながら調べると、

「視度調節はこれで、ピントリングはこれか……、この大きさで倍率十倍ってすごいね。高かったんじゃない」

と言った。レンズのついた機材を扱わせると、先輩の瞳は光り始める。

「実はそうです。がっつり投資してしまいました。あの青い鳥を絶対に見つけましょう」

と、丘本さんは、握り拳を作って僕らに訴えた。先輩は楽しそうに双眼鏡を覗いて、

「頑張りましょう」と、元気に声をあげた。


屋上を下りて病院の近所を徒歩で回った。三脚を担いで、リュックを背負って、時々立ち止まってあたりを見回した。けれども、青い鳥はなかなか見つけられなかった。巨大な望遠レンズを、突撃銃のように抱えて歩く丘本さんの疲労は濃く、先輩も寝不足からか足取りが重くなっていった。僕も冬なのに汗をかき始めていた。

「このあたりには、いないんじゃないですか」

と、僕が言い始めると、丘本さんは、

「そうだよね」

と、疲労を滲ませながらも、明るい声で同意した。

「じゃあ、ちょっと早いけれど……」

と、彼女がなにかを提案しかけたとき、ツィツィと例の鳥の声が聞こえた。僕は、

「ルリビタキだ。あの青い鳥の声ですよ。僕はこの前、この声を追って公園にたどり着いたんです」

と、二人に言ってから小走りで声の方へ向かった。二人も後をついてきた。鳴き声は続いて

いる。路地《ろじ》を幾つか曲がって、たどり着いたのは、長い長い階段のある神社だった。階段の先には小さな社《やしろ》が見える。声はその先から続いている。鳥居《とりい》の前で立ち止まっていると、

「本当にこれを上るの」

と、広瀬先輩が瞼を何度も瞬かせて訊ねた。

「あそこから、声が聞こえるし、行くしかないと思います。丘本さん行きますよね」

と、確認すると、

「頑張りますよ。青い鳥のためですから」

と、肩で息をしながら答えた。僕は両肩にかかっているリュックのベルトをグッと押さえて、一歩一歩階段を上り始めた。囀りは続いている。ようやく、階段を上り終え、小さな鳥居の前に立つと、古ぼけた無人の社があった。神社の周りを見回して、青い鳥を探したけれど、姿はなかった。二人はようやく、僕に追いついた。二人とも息を切らしている。二人が最後の階段に足を掛けたとき、またツィツィと声が響いた。丘本さんは、大きなレンズを振り回してカメラを構えて、広瀬先輩は目を見開いて声の方を注視した。

青い鳥はいない。代わりに賽銭箱《さいせんばこ》の縁にちょこんと止まったのは、病院でも見たジョウビタキだった。オレンジ色の羽毛が胸全体を覆っていて、顔の付近は真っ黒で、頭は銀色に光っている。小鳥の身体が反転したときに、残像が目の中に残る。

今日見た中でもとびきり美しいジョウビタキだった。けれども、僕らが探してるのは、この鳥ではない。

「すみませんでした。大変な思いをして上ってもらったのに」

と、二人に謝ると、丘本さんは、

「鳴き声を追って探すと別の鳥にたどり着くというのは、野鳥あるあるですね。仕方ないです。人には鳥の言葉は分かりませんから」

と言って慰めてくれた。けれどカメフを持っている丘本さんの右手は、もう限界だ。

「良かったら、カメラを預かりましょうか」

と提案して双眼鏡とカメラを交換した。首にズシリと来る重みは、全身にこたえる。「使うことはないと思うけれど……」と言いながら、一応カメラの使い方も教えてくれた。職場で使っている機材よりも遥かに簡単なので、使い方はすぐに覚えることができた。基本的には電源を入れてピントを調節してボタンを押すだけだ。もしくはその調節も必要ないときがある。オートレフみたいなもんだなと思った。

「もう後は、公園しか残ってないですね」

と、丘本さんが言うと、先輩は不思議そうに、

「こっちの遊歩道にはいないのかな？　ちょっと見ただけでも、木の上にたくさん鳥がいる気がするけれど」

と、神社の裏手にある広い雑木林《ぞうきばやし》に囲まれた道を指さした。枯れ葉の敷き詰められた道は、秋のまま赤く、陽の光を浴びて透き通った温かさを伝える。いいかも知れないと思った。

「行ってみましょう。荷物はこのまま僕が持ちますから」

「その前に、お参りしよう。青い鳥が見つかりますように、って」

と先輩は言い出した。僕らは顔を見合わせて笑った。

三人で並んで、手を叩いて、探し物が見つかるように祈願した後、遊歩道を歩いた。しばらく進み、分かれ道を一つ過ぎると、この道に見覚えがあると気付いた。持木《もちぎ》さんご夫婦と剛田さんと山を歩いたときに通った道だった。秋に来たときとは、木々の様子が違うので、気付かなかった。僕が足を止めていると、

「どうしたの」

と、先輩が訊ねた。山の澄んだ風が頰を撫でた。

「ここに持木さんご夫婦と来たことがあって、それを思い出していました」

「え？　薬局の持木さんと？」

「いえ、そうではなくて、いやそうなんですけれど。先代の持木さんご夫婦とです。緑内障の」

「ああ」

「あれから、あのお二人引っ越しされたんですよね」

「海辺の分譲施設に移ったみたいよ。今でも、そこに先生が往診しているみたい。お元気だって聞いたけど」

と先輩はなんでもないことのように答えた。

「そうらしいですね。剛田さんがつき添いで行っているって聞きました。本人から」

「私も先生に聞いた。剛田さんが行くとご親族が来られたときくらい歓迎されるみたいよ」

「元気の塊みたいな人ですものね。声も大きいけど、笑顔も大きい」

「そうね。お二人は、今もずっと仲良しで、手を繋いでよく散歩しているそうよ」

僕の目の前には、秋ごろのお二人が手を繋いでこの道をゆっくりと歩いていた姿が浮かんだ。

「野宮君って、患者さんと仲良くなるの上手よね」

先輩の声が冷静だったので、注意されているのだと思い、身構えてしまった。

「すみません。あんまり良くないことでしょうか」

「いや、そんなことないよ。友達感覚になってしまうのは、良くないと思うけれど、ちゃんとコミュニケーションを取れるのは大事なことだと思う。検査には絶対に必要なスキルだよね。でしょ?」

そう訊ねられて、僕にも思い当たるところがあった。視力検査や、ＧＰでの検査などの自覚的検査では、手技以上に患者さんとのやりとりが、ものを言うときがある。先輩が、僕の瞳を覗き見ているのが分かって、ハッとして彼女の目を見た。

「いい視能訓練士になってきている証拠だね」

思いがけず伝えられた言葉に僕の足が止まった。それはたぶん、僕がずっと欲していた言葉だった。先輩が僕を追い越し、その背中が遠ざかって行く。

「いい視能訓練士」

と僕は呟いた。

「早く。行くよ」

先輩は振り返ると言った。僕は彼女に並び、また歩き始めた。

「頑張ります」

先輩は頷いた。すぐに、山は終わり、遊歩道も終わり、また住宅街に出てきた。

木村君と出会った公園の近くだった。僕は、「たぶん、こっちです」と言って、すっかりクタクタになっている二人を案内した。二人はもうなにも言わずについてきた。僕も疲労の限界だった。


公園の入り口に立つと、遊歩道にいたときより濃い山の風が吹いてきた。風は、雨雲を呼んで空を少しずつ重くしていった。さっきまでの晴天が嘘のようだった。僕は風を胸いっぱいに吸い込み、耳を澄まし、目を凝らした。公園の入り口から少し高いところにある池までゆっくりと歩きながら、木々を見て回った。無数の鳥の声がするけれども、ルリビタキの鳴き声はしない。池に近づくにつれて、どんどん肌寒くなってくる。さっきまで、心地良いと感じていた風はもう、冷たい。

池の縁にあるベンチに、たった一人だけ腰かけている細い影を僕は見つけた。今日も、ここにいるような気はしていた。

「こんにちは」

と、声を掛けると、彼は視線をあげた。木村君がそこにいた。目を細めて僕を確認すると、

「こんにちは」

と、返してくれた。僕は微笑んだ。二人はまだ追いついてこない。

「ルリビタキを探していたの？」

と、僕が訊ねると、彼は頷いた。その瞳は相変わらず真剣そのものだった。そして今日も、単眼鏡を握っていた。壊れたまま、紐《ひも》をつけて首から下げている。

「ここに座っていいかな？」

と聞くと、「どうぞ」と気のない様子で答えた。彼は前を向いたままだった。ときどき、目を細めたり、開いたりしている。周囲が見えづらいのだろう。

僕が腰かけたとき、ようやく、先輩と丘本さんが追いついてきた。彼はまた目を細めて二人を眺めた。ようやく誰なのか判別すると驚いた表情をしていた。

「今日は、僕たちも青い鳥を探しているんだよ。良かったら一緒に探さないかい」

「どうしてですか」

どうして、青い鳥を探しているのか、という意味だろうか。丘本さんは、

「これで、一枚いい写真を撮るためですよ」

と、僕が持っていたカメラを指さして元気良く答えた。彼はそのときようやく、大口径超望遠レンズに気がついた。これに気付かないほど、周りが見えていないのだ。丘本さんの返事は「どうして」に対する一つ目の解だった。僕は二つ目の解について話し始めた。

「どんなことでも、なにかを一生懸命に求めている人に、誰かは力を貸してくれるもんだよ」

木村君は僕の瞳をまっすぐ見た。疲れ果てたように僕から視線を離すと、

「ありがとうございます」

と、素直な声で言った。

「きっと、見つかるよ」

そうであってほしいと思っていた。

僕は丘本さんにカメラを返した。彼女は、カメラの操作パネルに目を向けて、ほんの数秒操作した後、

「じゃあ、ここでセッティングを始めるね」

と言って、ベンチの傍の石垣にリュックを下ろした。「ここまで、本当に疲れたね」と先輩が木村君の横に座り、丘本さんが「こんなにクタクタになるなんて思ってもいませんでした」と三脚の脚を伸ばしていると、木村君は突然、

「待って」

と声をあげた。僕らの声はぴたりと止まった。

「いま、声が聞こえた気がします。近くにいませんか」

広瀬先輩は、あたりを見回した。僕も周りを見た。丘本さんは双眼鏡を構えた。一番最初に見つけたのは、先輩だった。

「あそこにいる」

と、池の中に生えている枯れた葦《よし》を指さした。僕らがいるのとは反対の縁にある幾つもの葦の茂みの中に一本だけたわみ揺れている茎《くき》がある。その穂先に青い影が揺れていた。木村君は

立ちあがった。

「どこですか」

「あそこだよ」と僕は池の中を指さすが、彼には見つけることができない。僕は、双眼鏡を彼に差し出そうとした。けれども、この距離でこの倍率では、彼の視力で鳥は見分けられないかも知れない。鳥は今にも飛び立ちそうだ。

「彼にカメラのレンズで見せてあげられないですか」

丘本さんはカメラを構えようとしていた。ファインダーから目を離し、一瞬だけ迷った。だが、僕が「お願いします」と真剣な声で頼むと、

「分かった。じゃあ、野宮君。そっちを向いたまま立ってて」

と言い、背後に回ると、僕の肩に巨大な鏡筒を載せた。ズシリと重みが肩にかかった。うっ、と声をあげると、すかさず彼女は「少し肩の位置を下げて」と僕に言った。僕は、丘本さんの目線の高さに肩が合うように膝をかがめた。なかなかきつい体勢だが、レンズは、青い鳥の方に調整されている。「やばっ！　あんな茂みの中じゃオートフォーカス利かないじゃん」としばらくあたふたしていたが、

「よし、木村君。これなら見えるよ。覗いてみて」

と、声が聞こえた。彼が背後にやってきたのが分かった。

「そう、そのまま覗いて、そこにいるよ」

と、声がした瞬間に、たわんだ葦のすぐ隣の茎に鳥は飛び移った。彼は、

「どこですか？」と丘本さんに訊ねた。

「すぐ上の枝だよ」

と、広瀬先輩の声が響いた。丘本さんは、即座に木村君と代わり、もう一度角度を調整し直している。「できた。いけるよ。今度こそ、見えるはず」と、また声が響いて、彼の気配が近づいた。ルリビタキは動いていない。彼はがっしりとカメラを両手で握ってファインダーを覗いた。今度こそ、彼は青い鳥と出会える、と思った瞬間、羽音がして、ルリビタキは飛び去った。葦を蹴《け》る見事な動作で次の瞬間には飛び去って行った。後には、カラスの声が響き、近くの大きな木の枝に止まった。

僕は肩に掛かっていた重みをそっと外しながら、振り返り、恐る恐る、

「青い鳥は見えたかい？」

と彼に訊ねた。

「ほんの一瞬だけ。青い色が見えました。でも、ほとんど見えませんでした」

と、消え入りそうな声で言った。たった一羽だったカラスは、二羽三羽と増えていき、小鳥の声はあたりから消え去ってしまった。すると途端に、ポツリポツリと雨が降り始めた。丘本さんは、悲鳴をあげて、

「野宮さんカメラがやばいです」と訴え始めた。

「傘はないんですか」

「ありますけど、一本だけで機材全部を隠せるほどはないです。この近くに屋根のついた場所

ないですか」

「いや、僕にはちょっと……」

と、僕が言葉を濁すと、木村君が「もう少し上に東屋《あずまや》がありますと教えてくれた。

「じゃあ、野宮さん、そこまで機材を運んでもらっていいですか？　私は急いで車、取ってきます。ここから病院まででって、遠くないですよね」

「歩いて十五分くらいですよ」

「了解です。じゃあ行ってきます」

と、丘本さんが歩き出そうとすると、先輩も立ちあがり、

「私も一緒に行く。ここにいると凍《こご》えちゃいそうだから」

と言って、丘本さんと同じ傘に入り、公園の入り口に向かっていった。僕は急いで荷物を持ち、木村君の案内に従って坂を上った。

「僕も手伝います」

と木村君は、僕の右手から三脚を受け取り、脇に抱えた。東屋はすぐ傍にあった。本格的に降り始める前に、機材はすべて屋根の下に運ぶことができた。僕は東屋の近くにあった自販機で、ホットレモンティーを二つ買って小走りで戻った。片方を、木村君に差し出すと、躊躇いながらも受け取り、二人で正方形の木製のベンチに腰を下ろして一息ついた。

「もうちょっとだったね」

と、僕が言うと、彼は、

「はい、あと少し。あと少しでした」

と、寂しそうに言った。東屋を囲むように雨だれが落ち始めた。公園には僕らだけが取り残された。彼は、ホットレモンティーのペットボトルを開けず、両手を温め続けていた。

「寒くない？　温まるから遠慮せずに飲んだ方がいいよ」

「じゃあ」と小さな声で言って、彼はやっと蓋を開けてホットレモンティーを飲んだ。僕も同じように自分のボトルに口をつけた。強烈な甘さが、口内に広がり、思わず口を離したが、さっきよりもずっと温かくなった。

彼はペットボトルを置くと、単眼鏡を握った。痛々しく割れたレンズが薄暗い光の中で煌めいた。

「今日もそれ、持っていたんだね」

「祖父ちゃんにもらったものなんです。壊れちゃったけれど」

と、自嘲《じちょう》気味に話した。きっともう単眼鏡としての役には立たないだろう。それでも彼は大事に首から下げていた。

「大切なものなんだね」

僕がそう言うと、彼は雨でけぶり立つ景色の向こうを眺めながら、

「祖父ちゃんと一緒に、どうしても青い鳥が見たかったんです。祖父ちゃんに、見せてあげたかった」

と、呟いた。

「お祖父さんは、君が入院しているときに亡くなったんだよね」

彼は頷いた。

「ブドウ膜炎で入院していたときに、突然亡くなったんです。青い鳥を探しているときに」

僕は心臓の音が大きくなるのが聞こえた。彼の祖父の死と青い鳥は紐づいていた。

「青い鳥を探しているときに？」

僕は疑問をそのまま口にしていた。

「外で突然倒れたみたいだから、たぶん鳥を探していたんだと思います。心筋梗塞《しんきんこうそく》だったそうです。僕が退院したら青い鳥を一緒に見ようって言ってたから、探してくれていたんだと思います」

彼の言葉は妙に冷たく、淡々としていた。僕はかけるべき言葉を探せなかった。

「僕は入院してたから、父さんにも母さんにもそのことを教えてもらえなくて、退院して、家に帰ってきたときには、お葬式もなにもかも終わってたんです。僕が、病院で辛そうにしてたから言い出せなかったって」

彼は単眼鏡を握りしめていた。彼の痛みは指先に表れていた。僕には、入院中の彼の様子を想像することができた。ブドウ膜炎による熱や倦怠感《けんたいかん》、そうした不調から来る不安感はご両親には見るに堪えなかったのだろう。そんなとき、大好きな祖父の死を彼に伝えることができるだろうか。

「父さんと母さんに、怒っているわけじゃないんです。僕のことを思って教えてくれなかったんだろうなって分かるんです」

そこで彼は、黙り込んだ。遠くを見て、その遠くが雨によって遮られていることを受け入れていた。なにもない場所を眺めている。そんな表情だった。そして、ゆっくりとその横顔が、重く暗く変化していき、瞳は鈍く輝いていった。瞳から涙が零れた。

「どうしたの」

と、声を掛けると、すぐに、

「すみません」

と返ってきた。そんな言葉が欲しいわけではなかった。「すまない、なんて思わないでほしい」と伝えたかったけれど、彼の言葉を遮ってしまうような気がしてなにも言えなかった。

彼は立ちあがり、雨に触れるほど近く、屋根の境界まで歩み出した。そのまま雨が作り出す白い壁に吸い込まれてしまいそうだった。僕は「濡れてしまうよ」と声を掛けて、手を伸ばした。

「祖父ちゃんはここで死んだんです」

と彼は言った。僕の手は彼に届かなかった。

「この公園で？」

「この公園の大きな木の下のベンチで、独りで冷たくなっていたらしいです」

「それは、最初に会ったときに腰かけていたベンチ？」

「そうです。きっと、あのあたり」

彼は雨の中に腕を伸ばして、ベンチを指さした。彼が腕を下ろしたとき、指先から落ちる雫《しずく》はまるで彼の血のようだった。痛みそのものが腕から流れ落ちていた。

「あんな寂しい場所で、どうして祖父ちゃんが……、たった独りで。僕は、独りに、なっちゃったんだなって思って」

それはたぶん、彼がずっと胸の内側に抱えていた本当のことだったのだろう。

「元気になったら一緒に青い鳥を見ようって約束していたのに、病院から出てきたら祖父ちゃんが……、こんなにも早くいなくなるなんて思わなかったから。僕が、病気にならなければ、祖父ちゃんは、独りで鳥を探しに行かなかったから、生きていたかもしれないのに。僕も独りにはならなかったのに。なにもかも、僕のせいのような気がして……」

彼に掛ける言葉が見つからなかった。ただ、呑み込めない気持ちが僕の中で膨れあがってくることだけが分かった。彼の苦しみに、僕もまた耐えていた。

「一緒に青い鳥を見ようって約束したのに」

と、彼は呟いた。その後、瞳からゆっくりと光が失われていくのを見つめていた。消え入りそうな光が闇と区別がつかなくなるほど薄まり、残酷な余韻だけがその場所に残った。

彼の言葉を聞きながら、僕は雨を眺め続けていた。

青い鳥は、彼の抱えている暗闇と痛みを取り除けるのだろうか。

彼の抱えている後悔と孤独に、青い鳥は光を与えることができるだろうか。彼は青い鳥を見つけて、なにを得ようとしていたのだろうか。

彼の見たかったものはなにだったのだろうか。

彼にとって青い鳥とはなんだったのだろうか。

そう思ったとき、陽炎《かげろう》のように一瞬見つめた青い鳥の姿を思い出した。チャンスは何度もあった。たった一日探しただけで、数回機会に恵まれた。視力が落ちているとはいえ、鳥を探すことに慣れている木村君が、これだけ粘《ねば》り強《づよ》く探して見つけられないということがあるだろうか。

彼はいつもこの公園にいる。そして、最初から答えの傍にいた。

つまり、鳥を探していながら、実は見たくはないのではないか。そんな考えが頭に浮かんだ。そのとき、僕の中に小さな仮説が生まれた。それは、僕になら検証することが可能だった。そして、彼に掛けるべき言葉も、やっと思い浮かんだ。

僕は、僕の知っていることを話そうと思った。

「人の瞳ってね、一番暗い色をしているとき、光を多く集めるんだよ」

彼はこちらに向きなおった。脈絡のない言葉を呑み込むために、僕をぼんやりと見つめていた。

僕は微笑んだ。

「美しい瞳はね。暗い世界の中で懸命に光を探そうとしたとき、現れるんだ。生きようって思う気持ちは、瞳にいつも現れてる。鳥の瞳が美しいのは、未来を、次の一瞬を生きようと、目を見開いているからじゃないのかな」

「次の一瞬を生きよう……」

「次の一瞬を生きよう。次の一瞬を見よう。辛い過去も、厳しい現実も、避けようもなくそこにあるのかも知れない。でもね、人の瞳は、生きているものの瞳は、未来を探し、次の瞬間を生きるための器官なんだ。君がいま、真っ暗だと感じているのは、光への瞬目だよ。その一瞬でしかないんだ」

「瞬目？」

「ごめん、えっと『まばたき』だよ。僕らは『まばたき』のことをそう言うんだよ」

「まばたき？」

「一瞬だけ暗くなるでしょ」

彼は目を見開いた。彼の瞳は僕の瞳を捉えていた。僕は彼の中の光を見つめた。確かに輝いている。

「暗がりを見ていては、光は集まらないよ。木村君との楽しい時間を作るために、お祖父さんもきっと鳥を探していたんだよ。そのときも、幸せな一瞬を見るために、お祖父さんの瞳は輝いていたんだと思うよ。君なら大丈夫。君は目を治して、青い鳥を見つけて、お祖父さんと探していた幸せな一瞬を見ることができるよ」

「どうして、大丈夫なんですか」

「君と同じで瞳がすごく好きなんだよ。だから、なんとなく木村君の鳥の瞳が好きって気持ちは分かるような気がするよ。僕の場合は、人間の瞳だけれどどね」

彼はまばたきをした。その後また、光は現れた。彼の未来はまだまだ続いていくのだ。僕はそれを信じていた。僕は彼の光のために力を尽くそうと思っていた。

彼が次の言葉を話し始める前に、二人が乗った車が公園にやってきた。

「さあ、帰ろう。君の瞳を、また素敵な瞬間の中にかえしてみせるよ」

と、僕は彼に言った。

「病院で」

と、彼に言うと、うつむいたまま小さく頷いた。雨脚は少しだけ弱まっていた。

数日後、木村君はまた病院にやってきた。

お母さんと一緒に受付に座っていて、相変わらず窓の外を見ていた。お母さんの表情には、隠しようのない不安が読み取れた。僕は丘本さんからすぐさまカルテを受け取り、笑顔で彼を検査室に案内した。

「検査を始めようか」

と言うと、木村君は「はい」と小さな声で頷いた。お母さんは、立ちあがり、

「どうかよろしくお願いします」

と深々と頭を下げた。僕も頭を下げ、

「息子さんをお預かりします」

と穏やかな声で告げた。彼女は少しだけ眩しそうにこちらを見た。

「今日は僕が担当するからね」

と木村君に告げると、彼はコクリと頷いた。

検査は始まった。

眼圧は問題なく、オートレフの値もそこそこの数字だった。だが、矯正視力検査を行うと、視力は以前と同じ0・1前後だった。そこで、前回の数値と全体を比較してみることにした。最も、差異があったのはオートレフの値で、屈折度があべこべだった。普段なら、首をかしげるところだが、それは僕の予想通りだった。

次に暗室に案内し、座ってもらうと、木村君は珍しそうにあたりを見回した。暗室の隅には、普段は使わないさまざまな機材が置いてある。

「野宮さんは、ここにある機材全部の使い方が分かるんですか」

「そうだね。目ぼしいものは使えるかな。興味があるの?」

「いえ、そういうわけじゃないんですけど……。野宮さんは看護師さんなんですか」

僕は微笑んだ。

「僕はね、看護師じゃなくて、視能訓練士だよ」

「視能訓練士?」

「目の専門の検査技師かな」

「目の検査技師」

「見えるってことを調べる仕事だよ」

「見えることって、見えないのに？」

と、彼は訊ねた。僕は笑ってしまった。

「そうだね、目には見えない『見える』ということを扱う仕事だね。そういう意味では、見えないものを探す仕事なのかもしれない」

「青い鳥を探すみたいに？」

僕はもう一度微笑んだ。

「それは必ず、見えるようになるよ。検査を始めよう」

僕は板つきレンズで壁の視標を指して木村君の屈折度を測り始めた。検影法だ。僕の考えに根拠を持たせるためには、どうしてもこの検査が必要だった。

検影器のオレンジ色の光を眼底に当てると、瞳の中に月が宿った。オートレフでどのくらいの数字が出てくるのか粗方《あらかた》分かってはいたけれど、僕はその数値をあえて忘れることにした。思い込みで検査をするのなら、再検査の意味はない。僕は木村君の目が満月になる場所を探す。あたりをつけて板つきレンズを三度振った後にようやく、木村君の目の正確な値が出た。

それはオートレフの値とは異なるものだった。反対の目も計測してみたけれど結果は同じで、機械が拾いきれなかった結果が目の前に現れていた。僕はその数字を見て、頷いていた。この結果が欲しかった。この誤差を望んでいた。

僕はその検査結果を持って、診察室に行った。カルテを見せて、どうしても気になることがあるので、ＧＰの検査をする許可が欲しいと伝えると、先生は、僕をしばらく見つめた後、目を細めた。普段は、積極的にＧＰをやりたがらない僕が、検査を申し出ているからだろうか。

「えっと、やっぱりＧＰは無理でしょうか」

と、確認すると、先生は微笑んでから首を振った。

「いや、そんなことないよ。君がそう言うのなら、やってみようか。ピンとくるものがあるのなら、当たってみる価値はあるかもしれない。我々が見落としているものが、野宮君には見えることもあるはずだ」

と真面目な声音で言った。「自信はないんですが……」と、反射的に口にしそうになったけれど、先生の瞳を見て、そうすべきではないと分かった。先生が、初めて僕に投げかけてくれた眼差しの意味は信頼だった。

「やらせてください」と、先生をまっすぐに見て言った。

「やってみるべきだ」と、先生は頷いた。

「ありがとうございます」と深々と頭を下げてから暗室の準備をし、木村君をＧＰの前に座らせた。

結果が出るかどうかは分からない。まったくの無駄になるのかもしれない。けれども、目には見えない可能性を探るというのはこういうことだ。

「光が見えたらボタンを押してください。眠いかもしれないけれど、ゲームみたいな感じだから」

と言うと、小さな声で「はい」と応えた。僕がやろうとしていることを、彼も見ていた。木村君が探しているものがこの場所にあるかどうかは分からないけれど、僕は今自分が仕事を通して木村君に差し出せるものを与えたいと思った。

「深呼吸して、落ち着いて」

と、ふいに広瀬先輩の声が耳元に蘇った。ゴールドマン視野計の前に座って検査を始めるとき、無意識に思い出す言葉だった。

僕は木村君の盲目の海に浮かぶ視野の島をイメージした。

これからその場所に光のプロペラ機を飛ばす。ブドウ膜炎の影響下にある木村君の視野の形は、僕には予測できない。けれども、ブドウ膜炎ではない木村君の視野の形は、もうすでに見当はついていた。

それが、僕が望んでいる結果だった。ほかの可能性も頭の片隅で疑いながら、一つの目算を立てている。

初めて広瀬先輩のＧＰを見せてもらったときのあざやかな手技を思い出した。素早く華麗で無駄のない検査と正確な誘導。視能訓練士としての知識や技能の深さに、僕は魅せられていた。あと、何年経ったらああなれるのだろうと考えてみても、まるでそこに到達しているイメージが思い浮かばない。

ただ、検査を繰り返してきた時間の中で、見えてきたものもある。先輩は、

「自信と疑いとの間でバランスを取って」

と言っていた。今ならその言葉の意味が分かる。心のどこかに失敗や、自分の予測している
ものと別の可能性を考えながらも、目の前の検査に全力を尽くすことだ。困難な症例や、検査
に当たれば当たるほど、先輩の言葉は意味を深めていくのだろう。
検査に集中しながら、僕はさっきの先生の眼差しを思い浮かべていた。思いもよらないこと
が起こった、そんな表情をしているときの瞳だった。
GPでの検査を命じられることは何度もあった。けれども、どうしても、いまこの検査をし
たいと思ったのは、これが初めてだった。確信もなく、理屈も曖昧だ。それよりも、そうすべ
きだという想いと、彼のためになにかをしてあげたいという気持ちが動いた。
たった一つ僕が持っていたのは、この検査をやり遂げることができるという奇妙なほどの
確信だった。左手はもう、彼の視野の島の形をほとんど描いていた。右手はそれを記録して
いた。盲目の海に浮かぶ島は、もうすぐ姿を現す。彼が光を取り戻すための根拠は、すぐそ
こだ。
「これが僕の仕事だ」
と、彼の瞳を固視灯《こしとう》から覗きながら思った。
僕は最高の視能訓練士ではない。でも、この病院での最高のスタッフの一人でありたい。僕
は僕であるために、なにかに仕えていたいと思った。
この病院でも、北見先生でも、医療行為そのものでもなく、誰かの光を守り、幸福な瞬間を
生み出すという行為そのものに、僕は全力で仕えたかった。

それが「仕事をする」ということなのだと、思った。それを僕は選んだ。誰かがそこにいて、誰かの瞳の中に見ていた光は、僕の生き方を照らす光そのものだった。

その瞬間を一緒に生きていると信じられる揺るぎない証左《しょうさ》だった。

両眼の視野検査が終わった。見覚えのあるその形を、僕は落ち着いた気持ちで眺めていた。

検査室に戻ると、僕は、検影法を使って導き出した屈折度をもとにもう一度矯正視力検査を行った。

「だいぶん疲れたと思うけど、もうちょっとだけ頑張ってね」

と、彼に伝えると、

「頑張ります」

と彼は小さな声で答えた。

「ありがとう。一緒に頑張ろう。もう少しだからね」

彼の我慢強い性格を頼もしく思う一方で、そんなふうに我慢を続けてきたことが今の状態を生んでいるのだと思うと切なくもあった。

僕は深呼吸をして、今から行う検査の手順を、頭の中で確認した。手先の器用さが必要な検査は、今でも苦手だ。広瀬先輩は、この方法を使うときに、本当の手品を使って小さな子を魔法にかけていたけれど、あの手品のやり方は結局教えてもらえなかった。なにもかもが不安なまま仕事を始めたのが、まるで昨日のことのようだ。

僕はトリック法を行った。

彼の裸眼での視力は相変わらず０・１前後だった。矯正視力もほとんど伸びない。予想通りだ。問題はここから。彼に検眼枠を掛けた。メガネの重さに違和感を感じながらも、彼はじっと前を向いている。

僕は、木村君の目に、裸眼からそれほど度数の離れていないプラス３Ｄ（ディオプター）のレンズを入れた。おそらく見えにくかったはずだ。そのすぐ後、マイナス３Ｄの度数のレンズに素早く入れ替えた。そして、

「どうですか」

とタイミング良く訊ねる。木村君の反応は良くない。ここも想定済みだ。

「見えにくかったと思うから、今度はこっちを入れてみます」

プラス５Ｄのレンズを入れて見てもらった後、マイナス５Ｄのレンズを入れた。さっきと同じように、実際にはプラスマイナスゼロで、裸眼と同じ状態を作り出している。

「こっちはどうですか」

と訊ねると、「なんとなく見える気がします」と木村君は答えた。そして最後に、

「これなら見えやすいと思います」

と説明しながら、プラス７Ｄのレンズを入れて、見え方を確認してもらった後、マイナス７Ｄのレンズを入れた。僕は悟られないように、少しだけゴクリと唾を飲み込みながら、

「どうですか。見えやすいはずだけど」

と、話した。そして、慎重に矯正視力を測っていった。すると、木村君は、次々と指し示す

指標を答えてくれた。「右、左、下」と響いていく木村君の声が僕には嬉しかった。

「このメガネ、すごく見やすいです。どうしてですか」

僕は、それには答えずに、大きな笑顔で、

「お疲れ様」

と声を掛けて、検眼枠を外した。全身の力がそっと抜けていくのが分かった。

「青い鳥はきっと見つかるよ」

彼は僕がなにを言っているのか分からないようだったが、笑顔で見ていると少しだけ微笑んでくれた。

検査結果を記載して、診察室の北見先生に渡した。そして、検査の様子と状況を説明した。

北見先生はカルテに目を通すと、僕とカルテを交互に見た。そして、

「この結果はすごいね。よく気付いたね」

と、呟いた後、「う〜む」と唸った。

「じゃあ、木村君を呼んで来て」

それから、木村君は北見先生の診察を受けた。

「今日はご両親どちらかと来たかな？」と訊ねた。

北見先生の顔はほころんでいた。

「薬は減らしてもいいかなと思います。また来月、来てください。良くなっていきますよ」

と、先生は嬉しそうに言った。木村君は驚いていた。彼自身が一番待ち望んだ言葉だった。

「ありがとうございます」

と、彼は先生に頭を下げ、お母さんと一緒に出て行った。

「野宮君やったね」

と、北見先生が僕の肩をパンッと叩いた。

「心因性視覚障害《しんいんせいしかくしょうがい》だってよく気がついたね」

傍にいた広瀬先輩も驚いていた。

「どうして、あの子が心因性だって見当がついたの」

「青い鳥です」

「青い鳥？」

「僕らが一日探しただけでも何度も見かけた青い鳥を、視力が落ちているとはいえ、あれほど熱心に探し続けている彼が、どうして見つけられないのだろうかって思ったんです。彼は、最初から青い鳥がいる公園にいました。それで、青い鳥を見つけられないんじゃなくて、本当は、青い鳥を見たくないんじゃないかって思ったんです」

「探しているはずの青い鳥を、本心では見つけたくないってこと？」

「彼は亡くなったお祖父さんと一緒に青い鳥が見たかったんです。でも、もうそれは叶わない。そして自分の目で見つけてしまったら、見たことのない青い鳥を一緒に見るというお祖父さんとの約束は消えてしまう。お祖父さんとの別れを受け入れられない彼は、青い鳥を見つけたいと思っていても、青い鳥を見たくはない。できるなら、青い鳥を、ずっと探していたい。そんな矛盾の中に彼がいるなら、心因性視覚障害は起こるかもしれない、と思ったんです」

「なるほどね」

「それと、先輩が測ったレフの値と、今日測った値が全然違ったんです。それで検影法で測ってみたら、屈折度が大したことなくて、違和感を感じました。それも根拠になりました。それで、視野検査もやってみて、心因性視覚障害のパターンが出たら答えが出るかもと思って、GPの許可をいただきました。無駄かも知れないけれど、とにかくやってみようって」

先生は、僕の説明を聞いて何度も頷いてくれた。

「私たちは彼がブドウ膜炎だから、それ以外の病気になっている可能性を考えられなかったんだね。野宮君の頑張りと、まっすぐな目に助けられたね」

「気付けて良かったです」

「本当だね。ホッとしたね」

僕も心因性視覚障害だと確定してホッとしていた。不治の病ではない。いつか、きっと、視力を取り戻して、青い鳥を見つけられるのだ。それを感じられるだけで嬉しかった。

午前中の診察は終わった。僕は検査室を出て、木村君を見送ろうと受付に行った。お母さんは、処方箋の受け取りと支払いの最中だった。

木村君は窓際にいた。僕を見つけると、彼は立ちあがって嬉しそうに会釈した。彼が頭を下げた瞬間、僕は目を見開いた。その表情に気づいて、木村君は眉をひそめた。

僕は慌てて、窓の外を指さした。

彼は振り向いた。

そこには、青い鳥がいた。

彼の未来を告げるように、甲高い声で鳴き、自分の居場所を知らせていた。彼の目の前にルリビタキはいる。彼はガラス越しに近づいた。ルリビタキは逃げなかった。視線よりも少しだけ高いところにいる。偶然受付を通った丘本さんが、

「ルリビタキだ」

と素っ頓狂な声をあげた。その声につられて、先生も、師長も、剛田さんも、広瀬先輩も出てきた。先生は、

「ちょっと上だね。行こう」

と言って、僕らを手招きした。

「彼にも見せてあげていいですか」

と僕が訊ねると、

「もちろん、私が許可するよ」

と、先生は微笑んで、皆で、階段を急ぎ足で上った。屋上にたどり着くと、屋上から見える木の枝に止まっていた。さっきよりも、ずっと近い。僕は、青い鳥の場所を指さして、木村君に教えた。ルリビタキはまだ枝に止まっている。彼は少しずつ近づいている。一瞬、ルリビタキが素早い動きで枝の間を動いた。飛び去っていくかと思えたが、枝の間を抜けて、屋上を

囲っている低い柵の上にちょこんと乗った。さっきよりも、ずっと近くなった。彼以外は誰も青い鳥に近づかなかった。僕らは彼と幸福との出会いを見守っていた。

「どこですか」と、彼は訊ねた。

僕は、彼にずっと必要だった言葉を呟いた。

「青い鳥を見つけていいんだよ」

一度だけこちらを振り返り、彼はまっすぐに青い鳥を見た。

「青い鳥はそこにいるよ」と僕は言った。

彼の瞳の中に、煌めく青い影が躍った。

彼の瞳に涙が溢れていた。

探し続ければ、求めていたものを、いつか得られる日もある。

青い鳥は、彼にそんなふうに語りかけているようだった。

青い鳥は彼としばらく見つめ合い、小さく首をかしげた後、また飛び去った。僕は、ゆっくりと彼に近づき、

「きっとあれが、お祖父さんが見た最後の景色だよ」

と、声を掛けた。彼は驚いて涙を拭った。瞳は大きく開かれた。

「木村君と一緒にあの青い鳥を見る一瞬を思い描いていたんだよ。見えたかい?」

彼の目から、拭い去ったはずの涙がまた溢れ出てきた。

「見えました」

と、彼は言った。それから、

「祖父ちゃんとの約束、果たせました」

と僕の目を見て言った。僕もまた、そのときに本当に見たかったものを見つめることができた。

彼に大きな光が宿っていた。

未来を手繰り寄せる強い光がそこにあった。

彼は長い瞬目を終えた。世界は彼の前に広がっていた。


数週間後、木村君が診察に訪れた。視力は、劇的に回復して自分でもそれを実感しているようだった。ブドウ膜炎の予後も良く、治療は終わりに差し掛かっていた。

検査室を出るときに、彼は元気良く、

「野宮さん、あれから五回以上ルリビタキを見ましたよ。ほかのいろんな鳥も見ました」

と教えてくれた。僕は彼の笑顔を見るだけで嬉しかった。

「やっと、祖父ちゃんとの時間を取り戻せたような気がします。ありがとうございました」

彼はこれから、きっと何度も何度も青い鳥を見つけ、明るい世界を見つめていくのだ。大切な瞬間は、彼が見る光と一緒にやってくる。

「まだまだ、これからだよ。何度だって青い鳥に出会えるよ」

と、僕は言った。

木村君が検査室を出ていくと午前中の検査が終わった。僕は受付に行って、ぼんやりと窓の外を見ていた。すると、丘本さんがやってきて、

「野宮さん、見てくださいよ！　これ！」

と、言ってスマホの中の画像を見せた。

そこには、見事に羽を広げて羽ばたいたルリビタキの写真があった。

「どうしたんですか。これ」

「木村君が撮ったんですよ。この前、一緒に公園に行ったときに」

「え？　でもあのときって、彼は見れなかったって……」

「たぶん、見れてはいないと思います。でもファインダーを覗こうとして、必死にカメラを握ったとき、ボタンに指が当たって、偶然シャッターが切れたんだと思います」

「でも、シャッター音がしませんでしたよ」

丘本さんは嬉しそうに笑った。

「実は、連写したときに、シャッター幕を下ろす振動でカメラが揺れないように、サイレントシャッターに切り替えていたんですよ。だから、あのとき撮れてただなんて思わなくて、データの整理をしたときようやく気付きました。これはまぎれもなく、木村君の作品です」

「良かったですね。彼にも見せてあげたいですね」

「先生が今度、引き伸ばして病院に飾ろうって言ってくれたので、そのときに見せられたらいいなあと思います」

僕はもう一度、スマホに映った写真を眺めた。青い鳥は大きく翼を広げて、空中に浮いている。すべての風切り羽が限界まで広げられ、風を捉えている。最も力強く飛び立つ一瞬がそこには収められていた。それは、お祖父さんから彼へのメッセージのような気がした。

奇跡は、こんなふうに誰にも気付かれないときに、起こっているのかも知れない。

「それにしても……」と、彼女は話を続けた。

「聞きましたか？　五回以上見たらしいですよ。私たちもまた、ルリビタキを探しませんか。結局、私自身は一回も青い鳥をものにできてはいないんですよ」

と訴えかけてきた。僕が曖昧な返事をしながら、彼女の話を受け流そうとしていると、彼女が、

「広瀬さんも、また一緒に行きましょう」

「いや、私はパス。これから忙しくなっちゃうから」

「先輩、なにかあるんですか」

「なんだか、野宮君の頑張りを見てたら、もっと勉強したくなっちゃって。大学院に通おうと思ってる」

「大学院ですか」

「そう、もっといろんな知識をつけて、経験を積んで、研究職についたり人に教えたりもしたい。でも、まずは受験勉強で忙しくなるかな」

「先輩がいなくなってしまうと、とても困るのですが」

「なにを言っているの。大丈夫だよ。もう、大丈夫。先輩に甘えられるのは、最初の一年だけだよ。それに大学院に行ったって、ここを辞めるってわけじゃないんだから」

と言って、笑った後、

「期待してるよ」

と、先輩は言った。僕は躊躇いなく、ごく自然に頷いた。

「これからもよろしくお願いします」

そう言った後、僕は午後の予約の患者さんの検査準備のために暗室に向かった。背後で、丘本さんが僕を呼ぶ声がしたが、振り返らず暗室の中に逃げ込んだ。

これできっと、しばらくは荷物持ちは回避できたはずだ。剛田さんが背後で笑っているのが、分かった。

「野宮君もだんだん、慣れてきたよね」

と、言うのが聞こえた。


午後の診療時間の終わりに、加齢黄斑変性《かれいおうはんへんせい》が悪化して、ほとんど光しか感知できなくなった倉田《くらた》さんという年配の女性がやってきた。北見眼科医院に勤め始めた頃から、倉田さんの検査を担当することが多かった。いつもと同様の検査が終わった後、倉田さんに突然、「野宮さん」と声を掛けられた。僕が倉田さんの手を取りながら、北見先生のいる検査室に案内したときだった。僕が返事をすると、目を閉じたまま微笑んで、

「野宮さん、声が本当に優しくなりましたね」

と、言ってくれた。僕は思いがけない言葉にどぎまぎして返事ができなかった。

「見えなくなって、そういうことが分かるようになったんですよ」

僕は言葉に詰まって、しばらくしてから、

「倉田さん、ありがとうございます」

と丁寧に声にすると、彼女は瞼を開いた。そして、僕がいる方に向かって視線を向けてくれた。倉田さんの澄んだ眼差しが胸に突き刺さった。剛田さんと一緒に診察室の椅子に誘導すると、北見先生の診察は始まった。ふいに倉田さんが、

「野宮さんは雰囲気の良い方ですね。私が見えていた頃よりもずっといい顔になっているのでしょうね」

と北見先生に言った。

「元々なかなか男前でしたからね」

と笑った後、

「良い顔になってきましたよ。うちの優秀な視能訓練士です」

と、嬉しそうに言った。

僕は検査室に向かいながら背中で、その声を聞いていた。僕は今日も、誰かの瞳を見つめている。

瞳の中に差し込む未来を探している。

前口径約24ミリ、重量約7・5グラム、容積約6・5ミリリットルの中に宿る光は、この世界の他のどんな場所に現れる光より眩しく思えた。

主要参考文献および資料

『視能学』　丸尾敏夫・久保田伸枝・深井小久子編　文光堂
『改訂2版　めざせ！　眼科検査の達人』　八木幸子著　メディカ出版
『病気がみえる　vol．12　眼科　第1版』　医療情報科学研究所編　メディックメディア
『目でみる視力・屈折検査の進めかた』　所敬・山下牧子著　金原出版
『図解でナットク！　即実践！　めめ子と学ぶ　新・まるごと眼科入門』　安川力編　メディカ出版
『ヒトの目、驚異の進化　視覚革命が文明を生んだ』　マーク・チャンギージー著　柴田裕之訳　早川書房

「ナショナル ジオグラフィック日本版　2016年9月号」　日経ナショナル ジオグラフィック社

「緑内障と日常生活」　白土城照監修　白土城照・國松志保著　ファイザー株式会社
「角結膜障害―病態と治療―」　参天製薬株式会社
「緑内障―病態と治療―」　参天製薬株式会社
「第90回九州眼科学会　プログラム・講演抄録集」

三和化学研究所ウェブサイト「目と健康シリーズ」 https://www.skk-net.com/health/me/
日本眼科学会ウェブサイト https://www.nichigan.or.jp/
江口眼科病院ウェブサイト https://eguchiganka.co.jp/
「涙とドライアイのおはなし」 南青山アイクリニック https://minamiaoyama.or.jp/dryeye/dryeyestory.pdf

初出

■「盲目の海に浮かぶ孤島」『メフィスト』２０２０ＶＯＬ．２
「盲目の海に浮かぶ孤島を探して」改題
■「瞳の中の月」『メフィスト』２０２０ＶＯＬ．３
■「夜の虹」書き下ろし
■「面影の輝度」書き下ろし
■「光への瞬目」書き下ろし

監修

東　淳一郎
日本眼科学会専門医
ひがし眼科耳鼻咽喉科医院　院長

砥上裕將
とがみ・ひろまさ

1984年生まれ。福岡県出身。水墨画家。『線は、僕を描く』で第59回メフィスト賞を受賞しデビュー。同作でブランチBOOK大賞2019受賞。2020年本屋大賞第3位に選出された。

7・5グラムの奇《き》跡《せき》

二〇二一年一〇月七日　第一刷発行

著者……砥《と》上《がみ》裕《ひろ》將《まさ》
発行者……鈴木章一
発行所……株式会社講談社
東京都文京区音羽二－一二－二一
郵便番号　一一二－八〇〇一
電話　出版　〇三（五三九五）三五〇六
販売　〇三（五三九五）五八一七
業務　〇三（五三九五）三六一五

本文データ制作……凸版印刷株式会社
印刷所……凸版印刷株式会社
カバー印刷所……千代田オフセット株式会社
製本所……株式会社国宝社

ISBN978-4-06-524623-8
N.D.C.913　302p　19cm

KODANSHA